EDITION 211

Michael Böhm

Quo vadis, Herr Petermann?

Roman

EDITION 211

Die Petermann-Trilogie:
Herrn Petermanns unbedingter Wunsch nach Ruhe
Herr Petermann und das Triptychon des Todes
Quo vadis, Herr Petermann?

1. Auflage
Lektorat: Eva Weigl
Satz/Layout: Martina Stolzmann
Covergestaltung: Martina Stolzmann
Titelmotiv: Fotolia/bonciutoma
Druck: CPI – Clausen & Bosse, Leck
Made in Germany
ISBN 978-3-95669-066-2
www.bookspot.de

Meine Liebe für
und meinen Dank an
Christel und Manuel

Friedlich
Ist das Wespennest
Wenn man es
In Ruhe lässt.

Wandspruch in der Altstadt von Nürnberg (entdeckt am Mittag vor der Verleihung der Friedrich-Glauser-Preise 2014)

Der Mensch ist dem
Menschen ein Wolf.

Plautus

Prolog

1

War es womöglich doch ein Naturgesetz, ergo nicht oder nur kaum zu beeinflussen, dass meinem Tuskulum auf Dauer kein Frieden zuteilwerden konnte?

Auf leisen Sohlen schlich das Unheil heran, allerdings mit den unübersehbaren düsteren Anzeichen, meinen Garten Eden ernsthaft bedrohen zu wollen. Nein, nicht die wunderbare Stille in Kimmling-Hof wurde dieses Mal gestört, viel perfider noch, denn meine innere Ruhe war als Ziel ausersehen. Was mir an dem jungen Teufelsbraten gefiel, der das für ihn unkalkulierbare Wagnis einging, meine geheiligten Kreise zu stören, war allein sein Name. Nur darum sah ich zunächst ziemlich locker, sogar leicht amüsiert, seinem Treiben zu.

Er war allenfalls gerade mal halb so alt wie ich, drohte mir törichterweise unverhohlen, versuchte sogar seine hinterlistige Schlinge immer enger zu ziehen. Als er mir schließlich deutlich zu verstehen gab, demnächst kein Pardon mehr zu kennen, überschritt er damit die unsichtbare Grenze, da war für mich der gewisse Punkt erreicht, ab dem ich sein heimtückisches Spiel nicht länger dulden durfte.

An diesem feuchtschwülen Morgen – schon einem der Hundstage? – stand ich im Gebüsch am Fuß des bewaldeten Hanges unterhalb meines Hauses. Die Halbinsel und die Weite des Sees lagen vor mir. Zu der Halbinsel möchte ich erwähnen: Etwa die Hälfte meines Gartens darf schon dazugerechnet werden. Gleich hinter dem Zaun und der Buchenhecke, die mein Grundstück begrenzen, fängt der Wald an, der sich schon nach wenigen Metern den steilen Hang hinunterzieht, um etwa dreißig Schritte vom Ufer entfernt, am Panoramaweg, zu enden.

Ich wartete auf den jungen Mann, der in den nächsten Minuten auftauchen würde, um vom Steg aus ins Wasser zu springen und wild kraulend seinem Frühsport zu frönen. Auf einem Ast, nur wenige Meter schräg vor mir, saß eine Amsel, ließ sich durch mich nicht stören, ruckte nur mit ihrem Kopf zwischen mir und dem See hin und her. Solch einen Zeugen durfte ich mir gerne gefallen lassen.

Später dann, noch bewegte ich mich außerhalb der Zeit, als ich zwischen den Bäumen den Hang wieder hinaufstieg, fragte ich mich, ob sich die Zwickmühle auch auf eine andere Weise hätte auflösen lassen, als auf diese so endgültige, so unwiderrufliche Art? Nun war es eben so, dass keine hundert Meter hinter mir an diesem hellen Sommermorgen ein Toter mit dem Gesicht nach unten im noch kühlen Wasser des Sees trieb. Für den Schwimmer, dachte ich, ein schöner Augenblick zum Sterben.

Diesen radikalen Schlussstrich zu ziehen war längst überfällig geworden. Er war nicht der Mann, mit dem man ungestraft seinen Schabernack treiben durfte, hatte er sich doch ohnehin großzügig, viel zu lange, in Geduld geübt. Nein, er hatte keine Bedenken, den Störenfried, der ihm den Fehdehandschuh hingeworfen, ihn über Gebühr herausgefordert hatte, auf dem direkten Weg in die ewigen Jagdgründe zu schicken.

In wenigen Tagen würde es so weit sein, dass der Architekt mit den Männern der Baufirma anrückte. Wir, Magdalena und ich, werden dann für einige Zeit verreisen, zunächst nach London, später, so hatten wir vor, weiter auf die Hebriden.

An den toten Schwimmer dachte ich schon nicht mehr, als ich durch den Garten, unter den Ästen der Obstbäume, auf mein Haus zuging.

Eine merkwürdige Begegnung

2

Nach zuletzt ziemlich trüben Tagen mit viel Regen, Nebel, sogar Sturm, wird uns Mitte März unverhofft ein schöner Frühlingstag geschenkt.

Ich mache mich zu Fuß auf den Weg hinüber nach Kimmling. Die warmen Sonnenstrahlen zusammen mit der lauen Föhnluft küssen binnen Stunden die Natur sichtbar wach. Nur das zarte Grün scheint zu zögern, traut womöglich einem falschen Frühling nicht, noch changieren die Farben, halten sich mit ihrer Pracht zurück, geben nur ein leises, vorsichtiges Versprechen ab.

Im Kaufladen erstehe ich eine Tüte Himbeerbonbons, bringe den obligatorischen Plausch mit dem Kramer hinter mich, laufe dann nahe der Kirche Pfarrer Demme in die Arme. Ich begleite ihn und zusammen betreten wir das Gotteshaus. Der Pfarrer ist gekommen, um Vorbereitungen für die nächste Messe zu treffen. Vor dem Altar stehend, tauschen wir unsere Meinungen über den Blumenschmuck aus. Kurze Zeit später überlasse ich Hochwürden wieder seinen Obliegenheiten, gehe hinüber zum Seitenausgang, um auf den Friedhof zu gelangen.

Draußen verliert sich die sprechende Stille sakraler Nähe nicht. Vom Ort her ist hier oben nichts zu hören. Langsam schlendere ich den breiten Mittelweg entlang. Im Vorbeigehen betrachte ich die Gräber, lese Namen und Daten, habe vor allem ein Augenmerk auf den Zeitraum, seitdem ich in Kimmling lebe. Den einen oder anderen Namen kenne ich nicht nur, ich kann mich sogar an Gesichter erinnern, was mir bewusst macht, ich bin kein ganz Fremder mehr in dem kleinen Ort über dem See.

Mir kommt ein Mann entgegen, und gleich sehe ich, er ist nicht einmal in seinen mittleren Jahren. Er ist bereits so nahe heran, dass ich sein Gesicht erkennen kann. Kann das wirklich ein Zufall sein? Ist es tatsächlich möglich, dass er mir gerade auf dem Friedhof begegnet, wusste ich selbst noch vor Minuten nicht, dass ich diesen Weg einschlage?

Er lächelt verhalten, irgendwie merkwürdig, ja, mir fällt sogar die Vokabel *verschlagen* ein, als er ohne jeden Gruß an mir vorübergeht. Ich wende mich nicht um, sehe ihm nicht nach, will er mich doch vermutlich gerade dazu herausfordern. Nein, ich tue ihm diesen Gefallen nicht, setze meinen Weg fort, als sei nichts gewesen.

Der junge Mann und ich, wir sind uns immer wieder begegnet. Einige Male schon im vergangenen Herbst irgendwo in oder um Kimmling herum. Und dann vor Wochen im »Kellertheater«, bei der Premiere meines Stücks, haben wir sogar einige Worte miteinander gewechselt und dabei hat er mir seinen Namen genannt.

Das Zusammentreffen jetzt auf dem Friedhof ist etwas ganz anderes, es ist eine gesuchte, eigenartige Begegnung. Als er hier auf meinen Weg einschwenkt, mir entgegenkommt, sich mir damit sinnbildlich entgegen-stellt, was er körperlich erst später versucht, ist das ein Fixpunkt unserer sonderbaren, so gar nicht alltäglichen Beziehung. Für mich ist es der Anfang, der Moment, ab dem ich ihn wirklich zur Kenntnis nehme.

Nütze den Tag

3

In dieser Stunde der frühen Nacht liegt der See in eine traumhafte Stimmung eingesponnen vor mir, die nicht jeden Tag zu spüren und gerade darum etwas Besonderes ist. Am samtblauen

Himmel hängt einer ziemlich großen Laterne gleich ein noch nicht ganz runder Mond, der sein geliehenes silbernes Licht über dem dunklen Land ausschüttet, das Wasser des ruhenden Sees märchenhaft unwirklich glitzern lässt. Wieder einmal wähne ich mich federleicht außerhalb der Zeit. Dieses erstaunliche Phänomen spüre ich nur hier in Kimmling-Hof, wenn sich mir Stunden zu Minuten, Tage zu Stunden verdichten durch diese fast schon mystische Intensität der Ruhe.

Ich habe es mir nahe den hohen Terrassenfenstern in meinem Schaukelstuhl bequem gemacht, betrachte versonnen das mir dargebotene friedliche Bild, drehe dabei in meiner linken Hand den ovalen, leicht rötlich schimmernden glatten Stein, einen Liebesstein. Magdalena, meine Herzensfreundin, die in meiner geheimen Gemütslandschaft ein unergründlich dunkles Loch mit Licht flutet, hat ihn mir geschenkt, heute Morgen, unten im Bootshaus, bevor wir zum ersten Mal in diesem Jahr die Leinen meines Segelbootes losmachten. Auf den Holzbohlen stehend, unter uns gluckste leise das Wasser, umarmte ich sie, küsste ihre vollen Lippen, sah in ihre tiefen, warmen und so schamlos blickenden grauen Augen.

Beinahe lautlos, von einem Elektromotor angetrieben, bewegte sich die *Magdalena* langsam vom Steg weg und hinaus in den Kanal im Schilfgürtel. Nachdem wir das freie Wasser erreichten, schaute ich hinüber zu meinem Landhaus, das weiß leuchtend auf dem breiten Buckel von Kimmling-Hof thront. Noch war dieser Blick frisch, hatte noch nichts von schöner Gewohnheit, gefiel mir außerordentlich gut.

Magdalena schaltete den Motor ab, blieb am Ruder, während ich die Segel setzte. Geschmeidig, fast von alleine, drehte sich das Boot in den Wind, nahm Geschwindigkeit auf, und der Bug schnitt leise zischend durch das Wasser. Wir strahlten uns an, ganz dem erhebenden Gefühl hingegeben, scheinbar schwerelos über den See zu fliegen. Übermütig wie Kinder spielten wir mit dem Wind, dem es offenbar auch Spaß machte, mit dicken Backen in die Segel zu blasen. Es war eine Empfindung von Freiheit, es fühlte sich an, als sei man aus der Zeit gehoben, einfach nur zum Genießen auf diesem schönen Planeten.

Wir kreuzten über die weite, glatte Fläche des Sees, peilten immer wieder die unterschiedlichen Landmarken an, bevor wir gegen Mittag eine stille Bucht ansteuerten und hier unweit des Ufers Anker warfen.

Zunächst spannten wir zusammen das Sonnensegel über dem Vorschiff auf. Während ich den Tisch aufstellte, zwei Stühle aufklappte, den Korb mit dem Wein, den Gläsern, Geschirr und Besteck, dem Brot und den leckeren Tapas heraufholte, die hellbraune Leinendecke über den Tisch breitete, die mitgebrachten Köstlichkeiten darauf verteilte, tauschte Magdalena in der Kajüte ihre gelbe Bluse und die lange Hose gegen ein weißes Schleiertuch, um ihre empfindliche helle Haut zu schützen, setzte statt der weißen Sportkappe einen breitrandigen Strohhut auf ihre blonden Haare. Als sie von unten kam, schön wie eine germanische Göttin mit griechischem Gesicht, flog mich der spontane Wunsch an, sie zu malen, wozu ich allerdings überhaupt kein Talent besitze.

Magdalena hatte bei Freunden an der französischen Atlantikküste segeln gelernt. Als sie mir beim Knabbern von italienischen Oliven davon erzählte, wurden in meinem Kopf alte, schon vergessen geglaubte Bilder vom Bodensee lebendig. Unser Internat bot dort Segelkurse während der Sommerferien an. Segeln war eine Sportart, die bis dahin weit außerhalb meiner Interessen lag, vermochte mich also wenig zu locken. Da meinem Vater kaum der Sinn danach stand, mit dem Sohn die freien Sommerwochen zu verbringen, hatte ich jedes Jahr eine andere Lösung gefunden, irgendetwas bot sich mir immer an. In einem Jahr nun, ich war vierzehn, machte mir ein Junge aus einer höheren Klasse den Vorschlag, mit an den Bodensee zum Segelkurs zu kommen. Das war ebenso gut wie sonst irgendein Ziel. Er machte es mir mit Worten und Fotos richtig schmackhaft, sodass es mir schließlich selbst als eine gar nicht so schlechte Idee erschien. Nach zwei weiteren Sommern konnte ich segeln, hatte die Ungestörtheit auf dem See als eine positive Erfahrung kennengelernt, war dem Kameraden fast dankbar für seine so beredte Überzeugungsarbeit. Ich weiß sogar noch seinen Namen, Weinberger, den Vornamen habe ich vergessen. Ein anderer Kursteilnehmer, der nicht aus dem Internat kam, sondern aus Stuttgart, ist mir aus völlig anderen Gründen in Erinnerung geblieben. Aus reichem Haus stammend, besaß er natürlich sein eigenes Boot. Jedem anderen gegenüber ließ er keinen Moment auch nur leise Zweifel darüber aufkommen, dass er zur Elite gehörte, gab sich aufreizend arrogant, war das Maß der Dinge, wie selbstverständlich war er stets der Beste. Nachdem er bei einer Wettfahrt einen Vorteil, der ihm nicht zustand, einfach an sich gerissen hatte, er nicht einmal eine Rüge dafür einstecken musste, nahm ich mir fest vor, ihm bei der Schlussregatta Paroli zu bieten. Und tatsächlich gelang es mir, als Erster die imaginäre Ziellinie zu überfahren. Die Jury jedoch sah das anders, erkannte auf ein eigenartiges Unentschieden. Mein Gegner lächelte süffisant, was mich nicht störte, hatte ich doch erreicht, was mein Antrieb gewesen war, nämlich zu siegen. Ich weiß, wusste es damals schon, ich hatte ihn damit schwer getroffen. Er hat es mir bestätigt, später einmal, in Berlin, wo er als Anwalt für einen Wirtschaftsverband tätig war, spottete sogar elegant über seine gekränkte Eitelkeit, damals.

Magdalena und ich ließen uns Zeit mit dem Essen und dem Wein, saßen im leichten Wind, der über das Wasser strich, genossen den Moment.

Erst am frühen Nachmittag spielte die *Magdalena* wieder mit Wasser und Wind, zeigte uns bei jedem Manöver, welch ein hervorragendes Boot sie ist.

Den Dolch im Gewande

4

Das traumhaft schöne Panorama lag in einem hellen, fast unwirklichen Licht. Doch der Mann mit dem dunklen Hut hatte keinen Blick übrig für diese einzigartige Naturkulisse, war auch nicht deshalb hier, kannte das alles schon, weswegen die vielen Menschen hier heraufkamen. Auch damals, Ewigkeiten schien das her zu sein, war er mit der Bahn gekommen. Tatsächlich waren nur einige wenige Jahre seitdem vergangen.

Der Gornergrat, dieser magische Anziehungspunkt des Kantons Wallis hoch über Zermatt, dieser ehemals wunderschöne malerische Bergort, der dem Tourismus seine Seele verkauft hat. Was von hier oben die Augen ungläubig staunen, in über dreitausend Metern Höhe sogar den Puls schneller schlagen lässt, war für ihn nichts Neues, ihm waren diese Postkartenbilder gut bekannt.

Es sind da zwei überwältigende Attraktionen: Die eine steht rechts, nämlich Seine Majestät, das Matterhorn, einfach unglaublich prächtig vor dem makellos stahlblauen Himmel. Und, nur eine leichte Drehung des Kopfes nach links, die mächtige Wand des Monte-Rosa-Massivs. Als Zugabe die grandiose Kulisse der Felstürme, allesamt Viertausender. In der Tiefe liegt der Gornergletscher. Die weiten weißen Hänge, die in der Sonne ins Bläuliche changieren. Welcher Maler ist so talentiert, um diese Sicht und die dazugehörenden Gefühle auf einer Leinwand festhalten zu können?

Die Fahrt mit der Zahnradbahn von Zermatt herauf über Brücken und Schluchten, durch Tunnel, an Bergseen vorbei, bereitet die Augen derjenigen, die sehen können, auf das Wunder des Gornergrates vor. Dennoch stehen die Besucher erst einmal gebannt, sprachlos wie Kinder vor dem Weihnachtsbaum, wenn sie den Zug an der Bergstation verlassen.

Der Mann, der, stumm wie die anderen, ruhig inmitten der Menschen stand, hatte nur Augen für das graue Steingebäude des höchstgelegenen Hotels der Schweiz, dem Kulmhotel Gornergrat. Nein, er war nicht gekommen, um sich von den Bergriesen bezaubern oder gar überwältigen zu lassen. Er hatte völlig anderes im Sinn.

Wie ein Chamäleon passte er sich der Umgebung, der Menschenmenge um ihn herum an, wollte nämlich unbedingt vermeiden aufzufallen, irgendjemandem im Gedächtnis zu bleiben. Dafür wanderten seine Blicke über die vom Schnee geräumten Wege, den weißen Wällen an ihrem Rand, hinauf zum aus grauen Feldsteinen erbauten Hotel und noch weiter aufwärts zu den höchsten Stellen des Grates, zu denen mäandernde dunkle Pfade führten, auf denen die Menschen ununterbrochen auf- und abstiegen.

Nur allmählich, ja beinahe zögernd löste sich der Pulk auf, in dem er gut getarnt war, und die Menschen begannen, den Vorplatz der Bergstation zu verlassen.

Der Mann folgte einer Gruppe, für einen zufälligen Beobachter hätte es fast so ausgesehen, als gehöre er dazu, trabe nur müde ein, zwei Schritte hinterher.

Seitlich, zur Mauer hin, stand ein alter Mann, der ein Paar, das ihm aus kurzer Distanz entgegenlächelte, fotografieren wollte. Sein Unterfangen war nicht ganz einfach. Einerseits konnte er nicht auf seinen Stock verzichten, andererseits benötigte er eigentlich zwei Hände, um den Fotoapparat in Position zu bringen. Schon entglitt ihm bei seinem Kunststück der Stock, und seiner stabilisierenden Stütze beraubt, wankte er, suchte die Balance wieder zu erlangen, fuhr mit den Armen in der Luft herum. Geistesgegenwärtig sprang der Mann, der eben noch vergnügt vor ihm gestanden und auf das Klicken des Auslösers gewartet hatte, auf ihn zu, packte ihn bei den Hüften, bewahrte ihn dadurch vor einem Sturz.

Die Szene dauerte gerade so lange, um den Mann mit dem Hut vorübergehen zu lassen. Gleich darauf erreichte er die Terrasse. Hier drängten sich die Menschen, was ihm nur recht sein konnte. Unauffällig schlängelte er sich auf den Zugang zum Restaurant und Hotel durch. Der Wind machte die Luft schneidend. Es war kalt.

Im Vorraum empfing ihn angenehm kuschelige Wärme. Linker Hand bewegte sich leicht die Schwingtür zum Restaurant. Vor ihm befand sich die schmale Rezeption, hinter der eine blonde Frau zu einem Monitor hin gebeugt stand und nur flüchtig zu ihm herübersah. Sie hatte ihn wohl nicht mal wirklich wahrgenommen, würde sich später also auch nicht an ihn erinnern.

Rechts eine Tür mit einem gelben Schild *Kein Eintritt*. Der graue Teppichboden hatte feuchte, dunkle Spuren. Er passierte die Schwingtür. Vor ihm lag eines der Restaurants, nur schwach besetzt. Rechts die Treppe, mit einem dunkelroten Läufer bespannt. Er stieg hinauf und oben, nach der letzten Stufe, blieb er stehen.

Seine Gedanken waren bei Julia. Sie musste ganz in der Nähe sein, er spürte deutlich ihre Anwesenheit. Das Radar seiner allumfassenden Liebe hatte sie aufgespürt.

Julia hatte ihn verraten, hatte ihn wie eine verfaulte Kartoffel am Wegesrand liegen lassen. Mit welch süßen Worten hatte sie ihn belogen, ihm dick Honig auf seine Gefühle gestrichen. Sie war mit dem Anderen gegangen, verführt von den goldenen Versprechungen des Pinselfritzen, den sie noch kurz zuvor mit perfider Freude gnadenlos verspottet hatte. Jetzt lebte sie mit ihm, logierte mit dem Anderen in diesem Hotel, ließ es sich gut gehen, denn der Kerl konnte ihr mit leichter Hand alles bieten, konnte jeden ihrer Wünsche in Erfüllung gehen lassen. Julia sah mit ihren blauen Augen immer nur einzig und allein auf ihren Vorteil. Immer.

Was war er so naiv, ja richtig dumm gewesen. Hätte er es doch besser wissen müssen. Müssen. Mit dem Feuer zu spielen war immer mit Risiko verbunden. Er sah ihren Auftritt vor Beginn dieser verfluchten Vernissage noch ganz genau vor sich. Wie sie scheinbar moralisch empört auf den Vorschlag Tulipans, des populärsten Malers dieser Zeit, ihm nackt Modell zu sitzen, reagierte! Wie hatte sie gelacht, dem Maler glatt ins Gesicht gesagt, sie lasse sich nicht von seinen Basedow-Augen schamlos anstarren. Nach der Vernissage, unendlich von ihrer Liebe überzeugt, hatte er ihr am Tresen einer kleinen Bar mit spöttischen Worten vorgehalten, feige die Möglichkeit aus der Hand gegeben zu haben, dem geheimnisvollen Tulipan auf die Finger zu sehen. Er war inzwischen überzeugt, dass er es gewesen war, der sie letztendlich mit seinen spitzen Worten in die Arme des Malers getrieben hatte. Und genau das machte ihn schier wahnsinnig.

Er sah sie sofort, als er das obere Restaurant betrat, obwohl sie ihm den Rücken zudrehte. Julia war alleine in dem Raum, so hätte er sich das nicht zu wünschen gewagt, saß in einem Korbsessel, der mit freiem Blick zum Matterhorn vor dem Panoramafenster stand, und telefonierte. Wäre sie nicht so intensiv mit ihrem Gespräch beschäftigt gewesen, hätte sie ihn im Spiegel des Fensters kommen sehen müssen. Aber auch das wäre ihm einerlei gewesen.

Ganz ruhig, ohne Hast, griff er in die Außentasche seiner wattierten grauen Jacke, trat lautlos hinter Julia, beugte sich nach vorne und rammte ihr mit voller Wucht einen Holzstichel ins Herz.

Amor, der Gott der Liebe, trifft dich mitten ins Herz, meine Liebe.

Julia gab nur einen leisen Seufzer von sich. Das Handy entglitt ihrer Hand, fiel fast lautlos neben den Sessel auf den Teppichboden.

Mit einer beinahe jubelnden Erleichterung meinte er, durch den Raum zurück auf die Tür zuzuschweben. Wie von einem ganz speziellen Spot angestrahlt, herausgehoben aus dem Augenblick, nahm er jede Einzelheit überdeutlich wahr. Was er sah, brannte sich für immer als Einzelbilder in sein Gedächtnis ein. Der lange, verlassene Tresen. Das brennende Feuer im offenen Kamin. Der handgewebte, wunderschöne Wandteppich, der zwischen Kamin und Tür hing. Die große, runde Uhr über der Tür.

Nie mehr konnte sie ihn verlassen. Julia gehörte jetzt für immer ihm. Die Euphorie durchströmte ihn wie eine warme Dusche.

Ein neues rotes Buch

5

Länger als gewöhnlich sitze ich in meiner Bibliothek, blättere versonnen in einem voluminösen Band mit Albrecht Dürers Skizzen, deren an Zauberei grenzende Meisterschaft mich immer wieder neu fasziniert.

Mein Smartphone meldet sich, reißt die Ruhe, in die ich mich eingesponnen habe, entzwei. Nur wenige Momente zögere ich, mich aus meiner Kontemplation holen zu lassen.

Francis Wyman ruft aus Seattle an. Ich schalte auf den Monitor um. FaceTime. Es spricht sich besser, wenn man sein Gegenüber sieht.

Francis gehört einem besonderen Kreis an. Obwohl wir diesen Zirkel nie explizit so bezeichneten, war es dennoch eine Art Bruderschaft, so etwas wie ein Orden, nämlich der enge Führungskreis von »Pythagoras«. Nur Rainer Fall, mein Partner in der Firma, hatte in meinem Beisein mal, wenn auch halb im Spaß, von den Brüdern und Schwestern mit mir als schwarzem Abt gesprochen. Von Anfang an hatte ich mir als Mitbegründer und CEO von »Pythagoras« das letzte Wort über eine Aufnahme in die Führungsriege vorbehalten. Ich war also König Artus, sie bildeten meine *Tafelrunde*, die allerdings keinen festen Ort hatte, sich unregelmäßig traf, mal in Rom, mal in London, in New York, auf Hawaii ... Jeder Einzelne des Clubs zog für den König in den Kampf, riskierte sogar hin und wieder seinen Kopf. Der König jedoch hielt zu seinen Vasallen immer eine gewisse Distanz, niemand kam nahe an ihn heran, denn Vertrautheit war ihm nicht gegeben. War es nicht vielleicht gerade diese unterkühlte Zurückhaltung, verbunden mit einer unangreifbaren Höflichkeit, dem stets offenen Ohr und der unbedingten Loyalität, die uns verband?

»Pythagoras« hatte für den nordamerikanischen Markt einen neuen Statthalter gesucht. Francis war uns empfohlen worden, er selbst hatte signalisiert, zu uns kommen zu wollen. Wir trafen uns in Seattle. An einem klaren sonnigen Tag mit leichtem Wind fuhren wir hinaus zu den Inseln, spazierten am Strand entlang, stundenlang. Noch bevor wir das windschiefe Strandrestaurant betraten, quasi auf der steilen Holztreppe hinauf, besiegelten wir mit einem Handschlag unseren Pakt. Die Einzelheiten würden die Anwälte festzurren.

Francis steuerte seitdem das Schiff an allen Untiefen vorbei, um alle Klippen herum, smart, mit dem richtigen Gefühl für das jeweilig angebrachte Timing. Wir sind nach meinem Rückzug vom Chefsessel in lockerer, privater Verbindung geblieben. (Dazu möchte ich anmerken: Zu keinem Mitglied der *Tafelrunde* ist nach meinem Verzicht auf den Königsthron bei »Pythagoras« der private Kontakt abgerissen.) Dieser Anruf jetzt ist nicht der eines Ordensbruders, nicht der eines Freundes, Francis sucht ganz explizit meine Unterstützung als ehemaliger

Vorstandsvorsitzender. Er hat ein ernstes Problem, ich kann das Dilemma verstehen, in dem er steckt, höre ihm zu, danach er mir.

Später lege ich die CD mit Beethovens fünfter Symphonie, eine Aufnahme von Herbert von Karajan mit den Berliner Philharmonikern, in den Player.

Ich darf mich der Freude des Denkens hingeben – und dem Versinken in die Ruhe, denn die Außenwelt hat ihren Tribut erhalten und ich habe die Freiheit, mit meiner Zeit zu spielen. Nichts erscheint mir kostbarer als die Zeit, auch und vor allem, weil ich tief drinnen in mir weiß, dass meine letztlich unbekannte Restzeit beschränkt ist.

Gewollt zögere ich den Moment hinaus, in dem ich meinen Füller mit grüner Tinte betanke, das nächste noch leere rote Buch aufschlage, den ersten Satz, den ersten Abschnitt schreibe, einen Satz an den nächsten reihe. Noch bin ich mit meinen vorbereitenden Gedanken nicht so weit.

Irgendwann in der nächsten Stunde dann gleitet die Feder über das Papier.

Seit Wochen schleicht sich dieser Mann, ich kann ihn gewiss noch jung nennen, auf immer engeren Kreisen an mich heran, und wie er das tut, gefällt mir überhaupt nicht. Er heißt Lancelot. Zunächst schenkte ich ihm wenig Beachtung, tauchte er doch erst einmal nur als eine Randfigur auf. Dann zeigte er sich jedoch wiederholt in meinem Umfeld, zielte immer spürbarer auf meinen Frieden ab. Noch vermochte ich mir nicht zu erklären, was ihn antreiben könnte, mir partout meine ruhigen Tage zu stören.

Ich frage mich endlich, inwieweit meine Lebensweise das Böse wie ein Magnet anzieht? Wie soll ich mir sonst die fast schon in regelmäßigen Abständen aufkeimenden, heimtückischen Attacken erklären?

Leicht werde ich es dem Angreifer nicht machen. In mir wird er kein zahmes Opferlamm finden. Ich bin sicher, er weiß nicht, dass mit mir nicht gut Kirschen essen ist. Ich werde ihm die Stirn bieten, und sei es auch, ihm mit letzter Konsequenz entgegenzutreten.

In der Scheibe des Bücherschrankes sehe ich mich mit kalten Augen schmunzeln.

Eiswein

6

Seit drei oder vier Tagen setzt mir eine starke Erkältung zu, die ich mir ohne Zweifel auf der zugigen Bühne des »Kellertheaters« eingefangen habe. Der Katarrh sitzt mir hartnäckig auf der Brust, so unangenehm, dass ich mir sogar die Frühstückssemmeln vom Bäcker List an die Haustür bringen lasse. Zudem ist diese Witterung Gift für meine Bronchien. Ins Freie lockt mich im Moment nichts. Bis in den Vormittag hinein wabert jeden Tag dichter Nebel vom See her. Als es gegen Mittag etwas aufklart, bleibt es dennoch feucht. Dieses nicht so schöne Gesicht des Wetters ist wenig bekömmlich für mich.

Und auf einmal, wie zu hören ist, auch überraschend für die Wetterfrösche, erfreut uns ein strahlender Tag, die Sonne erwärmt sogar spürbar die Luft und noch vor Mittag verführt mich das schöne Wetter tatsächlich zu einem Spaziergang.

Kurz gehe ich bei Martha vorbei, die mich in diesen Tagen rührend bemutterte. Magdalena schaute mehrmals am Tag bei mir herein. Ich bin meinen beiden Samariterinnen durchaus dankbar, fühle mich allerdings nicht mehr so malad, um nicht ein paar Schritte zu machen. In Korbinians Werkstatt rufe ich nur einen lauten Gruß hinein, nehme seine prompte Erwiderung mit auf den Weg hinauf zum Turm.

Martha und ihr Mann Korbinian, die beiden Weilnböcks, sind meine besten Freunde, was ich mit Stolz gerne sage. Sie wohnen gleich nebenan in einem alten Gehöft, das sie mit den Jahren ihren Bedürfnissen angepasst haben. Martha besorgt meinen Haushalt, verköstigt mich. Mit Korbinian, einem begabten und erfolgreichen Bildhauer, spiele ich Schach. Er ist mir ein Freund des Herzens geworden, wie die Italiener so prosaisch sagen.

Jenseits des Waldes bleibe ich stehen. Cremefarbene Quellwolken, die mit ihrer Mächtigkeit mit den so scheinbar nahen Bergen wetteifern, die weiten sanften Hügel und der nahe See bilden das schöne Szenenbild der Landschaft. Irgendwie liegt das Versprechen auf das kommende Frühjahr in der Luft, schon mehr als eine blaue Ahnung. Ich folge dem Weg, der sanft abwärts auf den See zu führt. Auf halber Höhe steht, keinen Steinwurf seitwärts des Weges, eine Baumgruppe, Linden, nackt und dunkel wie künstlerische Skulpturen gegen den blauen Himmel.

Ich sehe die lebendige Unruhe in den Ästen, verlasse den Weg, gehe näher, erkenne, es ist eine größere Schar Stieglitze, die munter durcheinanderhüpfen, nicht einen kurzen Augenblick auf einem Fleck bleiben.

Ich sehe ihnen eine kleine Weile zu, bis ich auf einmal fremde Augen in meinem Rücken zu spüren meine. Ich werfe einen Blick über die Schulter zurück. Tatsächlich steht auf dem Weg ein Mann, den ich inzwischen nur zu gut kenne: Lancelot Herkommer. Ich wende mich um. Er hebt seine linke Hand zum Gruß, grinst, was auch auf die Entfernung hin nicht gerade freundlich ausschaut.

Ich lächle, frage mich, was ihn denn hier draußen herumtreiben mag?

Vor gut einer Woche haben wir die ersten Worte gewechselt, fast beiläufig, scheinbar zufällig, wie nebenher.

Wir standen uns im turbulenten Durcheinander der letzten Minuten vor der Premiere meines Theaterstücks *Eiswein* im »Kellertheater« zwischen den vielen Menschen auf einmal gegenüber.

Seit ich mich nach Kimmling-Hof zurückgezogen habe, ist das Schreiben, neben meinen Rosen und einer umfangreichen Sammlung afrikanischer Kunst, eines meiner Steckenpferde, das ich gerne reite. Nach drei Romanen habe ich ein Theaterstück verfasst, das an diesem Abend seine Uraufführung erleben soll.

Noch kannte ich den Namen des jungen Mannes nicht, aber sein Gesicht war mir kein fremdes. Ich vergesse keine Gesichter, erfreue mich nicht allein in diesem Punkt eines fotografischen Gedächtnisses. Schon Ende des vergangenen Jahres war er mir in Kimmling aufgefallen. Ein Mensch, der mir auffällig oft über den Weg läuft, der jedoch nicht in den Ort gehört, so einen registriere ich sofort, quasi automatisch.

Schon hatte es das erste Mal geklingelt, das Gedränge sich bereits etwas gelichtet, da stand er auf einmal vor mir.

An einen Zufall wollte ich gar nicht erst glauben.

Vor seiner Brust hing an einem blauen, breiten Band eine komfortable Kamera, die ich meinem ersten Eindruck von ihm zuzählte: Großtuer. Augenblicklich übermittelte ich ihm mit einer kurzen Geste meine Abneigung gegen seine Annäherung, was er nicht erkennen oder nicht akzeptieren wollte. Er deutete eine eigenartig ungelenke Verbeugung an, zeigte strenge Augen, hatte keinen offenen Blick frei, stellte sich mit Stichworten vor: Pressefotograf von Beruf, arbeitet für Zeitungen in München und Augsburg, sein Name sei Herkommer, Lancelot Herkommer.

Lancelot. Nun, dieser Name gefiel mir!

Dann lächelte er, so richtig fies, was mir weit weniger sympathisch war als sein Vorname.

Vom Ton her verbindlich gab er mir den Rat, seinen Namen gut im Gedächtnis zu behalten. Drehte sich um und ging.

Da klingelte es gerade zum zweiten Mal.

Ich sah ihm nach. Was sollte dieser inszenierte Auftritt? Was wollte er mir mit seinen letzten Worten wirklich sagen?

Allerdings setzte sich dieser leise Missklang nicht in meinem Kopf fest, war bereits vergessen, als ich zwischen Magdalena, meiner Herzensdame, und Paula, meiner lieben Freundin, meinen Platz einnahm.

Dem Publikum gefiel mein Stück, verstand die feine Ironie, lachte an den richtigen Stellen, schwieg betroffen da, wo ich es mir beim Schreiben so vorgestellt hatte. Ich schmunzelte innerlich schon während der Aufführung bei dem zufriedenen Gedanken, gegenüber Fritz Dessoir, Patron des Theaters und mein Mentor beim Schreiben von *Eiswein*, recht behalten zu haben, das Stück skurriler und nicht düsterer, wie von Dessoir vorgeschlagen, angelegt zu haben.

Nach dem Ende der Aufführung schenkte das Publikum den Darstellern acht Vorhänge und sogar ich musste mich vorne an der Rampe zeigen. Was mir weniger gefiel, aber den Theaterleuten zufolge unumgänglich war. Ergo war es eine großartige Uraufführung. Das gesamte Ensemble war euphorisiert, verwandelte, kaum war der Zuschauerraum leer, spontan die Bühne in einen Partybereich. Ich gestehe, ich hatte nicht fest mit einer Premierenfeier gerechnet, vage allerdings im Hinterkopf mit der Möglichkeit, hatte darum einige Kisten Wein im Kofferraum meines Wagens deponiert.

Die sehr gute Stimmung steigerte sich allmählich zu ausgelassenem Frohsinn. Indem jede Szene ausführlich in beträchtlicher Lautstärke nachempfunden, von allen Seiten beleuchtet und schließlich mit Wein abgesegnet wurde, stieg die Feierlaune auf immer neue Höhen. Als sich einer der Darsteller ans Klavier setzte, das noch auf der Bühne stand, wurde sogar vergnügt getanzt. Je tiefer der Pegel in den Flaschen sank, desto niveauvoller, in Wahrheit blödsinniger, wurden die Unterhaltungen.

Irgendwann am späten Abend war ich wohl der Einzige, der noch als halbwegs nüchtern durchgehen mochte. Hätte ich eventuell mehr getrunken, womöglich wäre mir die Erkältung erspart geblieben.

Jetzt treffe ich Lancelot also oberhalb des Sees, und als ich auf ihn zugehe, erstaunt er mich ehrlich mit dem, was er tut. Er wartet nicht auf mich, macht auf dem Absatz kehrt, marschiert zügig hügelaufwärts.

Bis er in den Waldschatten eintaucht, verfolgen ihn meine Blicke. Er schaut nicht ein einziges Mal zurück.

Der Tod ist kein leeres Wort

7

Die Erkältung erweist sich anhänglicher als gedacht; meine Brust ist immer noch nicht frei. Aber ich spüre, der Tiefpunkt ist überwunden, fühle mich besser, werde nach einigen Schritten nicht mehr gleich kurzatmig. Da ich eher selten unpässlich war in meinem Leben, selbst Erkältungen die Ausnahmen waren, bin ich, kommt es dann doch mal vor, schnell unleidlich, vor allem, wenn ich mit mir alleine bin.

Darum lockt mich meine schöne Sirene Magdalena mit süßen Worten zu sich in ihr Märchenhaus. Sie fürchtet keine Ansteckung. Während ich ihr Gesellschaft leiste, arbeitet sie.

In diesen Wochen ist Magdalena mit einem umfangreichen Auftrag für Arthur Raabe, meinen Vetter im Odenwald, beschäftigt. Nach unserem Besuch im vergangenen Jahr, als wir einen Bauernschrank bei Arthur abholten, ich mich quasi hinter diesem rustikalen Möbel versteckte, um einem alten Bekannten die verdiente letzte Rechnung ungestört zu präsentieren, hat sich die Geschäftsbeziehung zwischen dem Raumausstatter und der Puppenmacherin wie von alleine ergeben und sich ständig ausgeweitet. Jetzt fertigt Magdalena eine Marionettengruppe aus dem *Zauberer von Oz* für Arthur.

Da dieser Tag für mich keine gute Laune hat, die Luft voller Feuchtigkeit hängt, Schnee und Graupel sich ständig abwechseln, bin ich mit dem Wagen zu Magdalena gefahren.

Mit einer Tasse heißem Tee mit Honig zwischen meinen Händen lehne ich bequem in meiner Sofaecke. Magdalena lutscht hin und wieder ein Himbeerbonbon. Ich verspüre keine Lust darauf, obwohl es eines unserer Rituale ist, was mir deutlich macht, noch längst nicht wieder auf dem Damm zu sein. Ich lasse mich einfach hängen und ich fühle mich hier bei Magdalena gut dabei.

Zunächst, eine schon gewohnte Einleitung, plaudern wir über dies und das, was gerade so anliegt. Erst als ich darüber philosophiere, was der Mensch wirklich braucht, haken wir uns an dieser reizvollen Frage fest. Magdalena lacht frei heraus, ich sei da genau der Richtige, gerade über dieses Thema zu reflektieren.

Es war Hochwürden Demme, der mich bei seinem gestrigen Kurzbesuch zu diesem grundsätzlichen Gedanken hinlenkte. Am letzten Sonntag, so hat er erzählt, war Leo Tolstois Erzählung *Wie viel Erde braucht der Mensch?* das Motiv seiner Predigt gewesen.

Noch ist der Tod für mich nur ein Wort, jedoch kein leeres Wort mehr. Irgendwann habe ich einen Ausspruch von Epikur gelesen und er ist mir im Gedächtnis geblieben: *So lange wir sind, ist der Tod nicht da. Sobald er da ist, sind wir nicht mehr.* Es ist noch nicht so weit, dass ich mich frage, quo vadis Leo Petermann, wohin führt dich dein letzter Weg? Allerdings sind mir doch die Gedanken an meinen Tod, den ich nicht gerade irgendwo in der Ferne wähne, so greifbar, dass ich wie ein steter

Tropfen am letzten Punkt, der noch offen ist in meiner finalen Planung, mein Grabplatz nämlich, arbeite. Gestern erst habe ich die Gelegenheit, wieder einmal, beim Schopf gepackt, den Pfarrer sanft auf Urnengräber oder einen Friedbaum auf dem Friedhof in Kimmling hin anzusprechen. Demme breitete bedauernd die Arme aus, machte ein betrübtes Gesicht, versprach, wie so oft schon, sich zeitnah darum zu kümmern. Da ich, wie gesagt, im Augenblick keine grenzenlose Geduld aufzubringen vermag, habe ich ihm durch die Blume zu verstehen gegeben, mich zukünftig finanziell zurückzuhalten als einer der *Freunde des Klosters.* Geht es nämlich um seine Herzenssache, die Restaurierung des alten Klosters, dann ist er sehr hellhörig und er wird sicher den Ernst meiner Bitte endlich verstehen.

Auch Magdalena spürt, dass ich in einer Phase bin, in der das Licht um mich herum ab-, die Trübsal zunimmt. Mit leichter Hand gelingt es ihr, den grau werdenden Himmel wieder zu erhellen.

Reise in die Vergangenheit

8

Mir geht es wieder gut, die leidige Erkältung setzt mir nicht mehr zu, ist so gut wie abgeklungen. Die liebevolle Betreuung durch Magdalena und Martha, die gezielte Behandlung durch meinen Arzt, dazu mein Wille, dieser Geiselhaft einer körperlichen Einschränkung zu entkommen, haben mich wieder auf die Füße gestellt. Von Tag zu Tag ging es fühlbar aufwärts.

Voller Tatendrang, mit Vergnügen, widme ich mich mittlerweile zwei Ideen, die in den Weihnachtstagen während eines innigen Beisammenseins mit Magdalena einer launigen Stimmung entsprangen, seither in meinen Gedanken fantasievoll spazieren gingen, sich gleichwohl, bedingt durch die Umstände, nicht einen vorderen Platz in meinem Tagesablauf zu erobern vermochten.

Der eine Einfall betrifft meine Kindheit, meine frühe Jugend, von der ich erstaunlich geringe Erinnerung habe, mit deren weitgehend verschütteten Geheimnissen ich mich ernsthaft beschäftigen, diesen in der Zeit versunkenen Jahren nachspüren möchte. Habe vorläufig allein nur im Sinn, dem Vergnügen nachzugehen, in meiner eigenen Frühzeit Ordnung zu schaffen.

Magdalena inspirierte mich einfühlsam zu einer mir völlig neuen Sicht auf meine damalige kleine Welt, versetzte mir den zärtlichen Stups, um mich zum Forschungsreisenden in eigener Sache, zum Archäologen in meiner Zeit, der Schicht für Schicht die Vergangenheit freilegt, zu machen.

Die zweite Idee verdichtete sich aus einer eher lustigen Spinnerei, schien zunächst nur eine momentane Grille zu sein. Wir aalten uns in meinem Jacuzzi, waren albern, übermütig und auf einmal stand uns das Bild vor Augen: Ein Swimmingpool, ein Hallenbad vielleicht!

Eine Sauna mit allem Pipapo hatte ich damals schon einbauen lassen. Ein Schwimmbad allerdings war mir nicht in den Sinn gekommen. Ich staunte Magdalena an. Und auch diese Idee ging mir nicht mehr aus dem Kopf. Wie eine Durchführung, eine praktikable Lösung aussehen könnte, davon habe ich noch immer keine rechte Vorstellung.

Seit ich an den Tagen, an denen das Wetter gut ist oder der Nebel sich schon frühzeitig auflöst, wieder zu Fuß in der Umgebung unterwegs sein kann, nehme ich mir ein kleines Vokabelheft und einen Stift mit, um eine keimende Erinnerung, ein überraschendes Blitzlicht aus ganz frühen Zeiten sogleich notieren zu können. Das Anheben des verstaubten Teppichs der Vergangenheit gibt immer wieder überraschende Bilder frei.

Gerade stehe ich im Windschatten der steinernen Turmbasis oben auf der Höhe über Kimmling-Hof, kritzle Gedankensplitter in das Heftchen, da nehme ich eine Bewegung vor mir wahr, weil sie den hereinfallenden Lichtstreifen unterbricht.

Lancelot Herkommer steht mir gegenüber, mit nur zwei, drei Schritten Abstand zwischen uns.

Seinem faustischen Grinsen antworte ich mit einem warmen, aber überhaupt nicht ehrlich gemeinten Lächeln. Entschieden zu oft kreuzt der junge Fotograf meinen Weg. Für mich gibt es inzwischen keinen Zweifel mehr, dass diese Begegnungen wirklich keine Zufälle sind. Er sucht meine Nähe. Nur kann ich mir keinen Grund dafür denken. Fragen werde ich ihn nicht.

Leicht beugt er seinen Kopf vor, säuselt mir zu, er habe den Wunsch, mir einmal die Hand zu drücken, sei ich doch ein berühmter Mann. Kleine Gedankenpause. Gewesen, schiebt er genüsslich nach. Seine hellen Augen glänzen. Er macht sich offenbar einen Spaß, der Schlingel.

Von meiner Seite gibt es keine Anstalten, ihm irgendwie entgegenzukommen, halte weiterhin Heft und Stift in den Händen.

Lancelot – dieser Name! – schaut um sich, was wohl Harmlosigkeit, sogar Normalität ausdrücken soll. Oder etwa doch nicht?

Hier seien wir uns schon einmal sehr nahe gewesen, murmelt er. Nachdem er sich mir wieder zuwendet, haben seine großen, hellen Augen einen eigentümlichen Ausdruck, flackern sie wie im Fieber. Was treibt ihn nur um?

Natürlich höre ich die unausgesprochene Drohung hinter seinen kryptischen Worten, die mir eher wie ein Code klingen, jeden Klartext vermissen lassen. Dabei vollführt er eine Spielerei mit seinen Fingern, was mir einen winzigen Moment lang eigentümlich bekannt vorkommt. Woher denn nur?

Ich sende ihm ein Stirnrunzeln und mein Lächeln trifft ihn voll. Er kneift die Augen zu schmalen Schlitzen zusammen, zieht die Mundwinkel herunter, kommt mir irgendwie vor wie ein trotziges Kind.

Abrupt wendet er sich um und marschiert davon.

Kann es möglich sein? Ein Déjà-vu-Erlebnis? War er der Jogger, der damals in der Nacht am Turm, als ich neben dem toten Hans-Dieter kniete, seinen Lauf unterbrach, herübersah und dann doch weiterrannte? Falls er es nicht war, woher sollte er von dieser Szene im Dunkeln wissen? Will er mir nur eine vage Möglichkeit unterjubeln, mich ärgern? Warum? Und warum erst jetzt? Wohin will er, welches Ziel steuert er an?

Einerlei, es wird sich zeigen. Großen Gedankenfreiraum gönne ich dem bösen Knaben nicht.

Ein Name für Wasser

9

Um die Mittagszeit rief mich Eugen Baron von Blauberg an. Schon mit einem Fuß aus dem Haus, um hinüber zu den Weilnböcks zum Essen zu gehen, meldete ich mich, weil ich sah, wer mich sprechen wollte.

Der Baron redete nicht lange um den Brei herum. Ginge es mir wieder so lala, würde er sich freuen, mich nach Mittag bei ihm begrüßen zu können. Er verspreche mir auch ein vorzügliches Wundermittel, das mich gegebenenfalls zurück auf die Füße stellen würde.

Ich sagte ihm zu. Wie er ja wisse, könne ich seinen sibyllinischen Lockrufen nicht widerstehen.

Der alte Herr beendete mit einem meckernden Lachen das Gespräch.

Unsere Bekanntschaft, die in den letzten Jahren Züge wohlmeinender Vertrautheit, sogar einer liebenswürdigen Freundschaft angenommen hat, gründete sich auf eine geschäftliche Verbindung, die Werner Brandscheid, mein Finanzberater schon seit gemeinsamen Studienzeiten, vermittelte, als mein Partner Rainer Fall »Pythagoras« den Rücken kehren wollte. Zu dieser Zeit saß der Baron noch auf dem Chefsessel der Privatbank von Blauberg, und deckte, immer flexibel und mutig, eine ernste Finanzierungslücke meiner Firma ab. Wir waren beide Kunstfreunde mit dem nötigen Kleingeld, was uns zwangsläufig auch privat leicht ins Gespräch brachte. Zum Baron möchte ich nicht unerwähnt lassen, dass der alte Herr, nachdem er sich auf sein Schloss zurückgezogen hatte, durch seine Gemälde- und Antiquitätensammlung, seine intensiven Geschichtsstudien, die Musik – er spielt hervorragend Klavier – und die Leidenschaft zur Jagd agil geblieben ist und eine Portion jugendlichen Schwunges konserviert hat.

Auf der Landstraße fordert ein stark böiger Wind meine ungeteilte Aufmerksamkeit. Das Licht wechselt lebhaft, aus den schweren Wolken, die von den Bergen heranziehen, stechen punktuell Sonnenbündel, die das Land für einige Sekunden in warmes Gold tauchen. Und schon ist der Vorhang wieder zu, der Himmel dunkelgrau, fast schwarz.

Ich fahre die Auffahrt zum Schloss Blauberg hinauf, habe das drohende Wetter hinter mir gelassen, sehe noch vor dem Rondell zwei Gärtner unter den Bäumen arbeiten, parke seitlich der Freitreppe, vor der der marineblaue Bentley des Barons steht.

Die Begleitung des distinguierten Hausdieners durch die breiten Gänge zur Bibliothek ist für mich, da ich ein recht häufiger Gast bin, nichts Besonderes mehr. Im Vorübergehen werfe ich Blicke hinaus in die Weite des Parks, über dem ein düsteres Licht liegt. Das Wetter ist nah, wohl schon über dem Schloss.

Der Hausdiener hält mir die Tür auf und ich höre ein Duett aus einer Verdi-Oper, voller Klang durch die hervorragende Akustik der Bibliothek, einem der saalartigen Räume von Schloss Blauberg. Der Baron verlässt behände seinen Sessel, schlägt die Hände theatralisch zusammen, dieser freundliche Sanguiniker. Bevor er zu mir kommt, stellt er die Lautstärke der Musik mit der Fernbedienung zurück. Dabei schaut er mich prüfend an.

Es gehe mir gut? Ich würde noch ziemlich mitgenommen aussehen, meint er.

Die Erkältung sei sehr anhänglich gewesen und hätte mir ein paar Pfunde abgenommen.

Demnach sei ich noch nicht wieder in gewohnter Form, nicht wahr?

Seine vielen Fältchen scheinen zu tanzen. Er blinzelt mir zu.

Zur Stärkung biete er mir das am Telefon angesprochene Wundermittel an. Einen hervorragenden milden Calvados.

Lässig winkt er meine Bedenken, ich sei mit dem Wagen gekommen, mit einer Handbewegung zur Seite. Hier gehe es um reines Manna, Medizin, keinen profanen Alkohol.

Also gut, gerne, einen Fingerhut für die Zungenspitze, gebe ich nach.

Aus einem kleinen Schrank, in dem ich seine ganz spezielle Bar verborgen weiß, deren erlesener Inhalt nicht jedem Gast angeboten wird, wählt er die Flasche, aus einem anderen Schrank die Gläser.

Sein französischer Mönchsfreund, mit dem er über geschichtliche Themen korrespondiert, hat ihn vor einigen Tagen mit dieser Flasche überrascht. Ich sehe, der Baron hat die Flasche schon vorher geöffnet, bereits einige Schlucke genossen, weiß also, wovon er spricht.

Es schaut aus, als laufe glänzendes, mittelbraunes Öl in das Glas, eine Farbe, die dem Auge gefällt, und die noch Sonne in sich trägt.

Wir halten die Gläser hoch, stoßen nicht an, kosten, mehr ein Befeuchten der Lippen, über die die Zunge streicht.

Des Barons Gesicht beginnt von innen heraus zu strahlen. Ein Direktimport aus dem Himmel, nicht wahr, mein Freund?!

Ich stimme ihm zu, bitte darum, dem Klostermann im Süden Frankreichs auch in meinem Namen für diese göttliche Gabe zu danken.

Noch einen Fingerhut?

Ich verneine mit einem leichten Kopfschütteln, aber dankbarem Blick. Der Baron insistiert nicht, schenkt sich jedoch einen fingerbreiten Schluck nach, hebt seine Augenbrauen in die Höhe, stellt dann Glas und Flasche auf einem Beistelltisch ab.

Ihr Wagen steht bereit, Baron? Ich gebe mich ungeniert neugierig.

Sein schneller Blick zur Standuhr erinnert ihn an das Fortschreiten der Zeit.

Am frühen Abend hat er in München einen Termin mit dem Ministerpräsidenten. Eigentlich mag er diese Fraternisierung mit der Politik nicht mehr, kann sich dieser speziellen Einladung aber kaum entziehen, hat er doch immerhin einen gewissen Nimbus zu wahren.

Auch im höheren Alter ist für den ehemaligen Banker eine gewisse Eitelkeit, die ich gut verstehen kann, noch immer eine Triebfeder. Ja, anfällig zu sein für geschicktes Hofieren ist nicht unbedingt ans Alter gekoppelt.

Da von Blauberg nicht näher auf das Treffen eingeht, frage ich ihn, weshalb er mich um meinen Besuch gebeten hat.

Sogleich legt er mir die Hand leicht an den Rücken, lenkt mich mit den Fingerspitzen hin zu einem Tisch, auf dem zwei Farbtafeln liegen, eine in Ocker, die andere in einem warmen Gelbton, daneben Computerausdrucke, die das Schloss in diesen Farben zeigen.

Worum es geht? Die Außenfassade des Schlosses soll restauriert, teilweise sogar an alte, vom Baron selbst wieder aufgefundene Pläne angeglichen werden und schließlich eine farbliche Auffrischung erhalten. Nächste Woche stehe ein Gespräch mit dem Denkmalschutz an. Bis dahin wolle er sich darüber klar sein, welchen Anstrich das Gebäude bekommen soll.

Der Baron bittet um mein Urteil über die beiden Möglichkeiten. So eine Bewertung kann nur aus dem Gefühl, nur aus dem Bauch heraus kommen. Damit bin ich beim Herrichten meines Hauses in Kimmling-Hof gut gefahren. Ich kann nicht nachvollziehen, warum sich der Baron so schwertut, fast ein Problem daraus macht. Die Computeranimation führt doch klar vor Augen, welche der beiden Farben die bessere ist.

Das ins Bräunliche changierende Ocker. Ohne jeden Zweifel.

Von Blauberg nickt zu meinen Worten, kommentiert sie aber nicht.

Er tritt ans hohe Fenster, ich neben ihn.

Schon warte ich auf seine kultivierte Formel zur Verabschiedung, da macht er den überraschenden Schlenker hin zu unserem Edelwasser, das ich *unseres* nenne, da wir beide finanziell in das Projekt involviert sind. Im Steinernen Tal, zur Gemarkung Steinkirchen gehörend, wurde bei einer Bohrung Wasser hervorragender Qualität gefunden. Der Bürgermeister wendete sich an Baron von Blauberg, um einen adäquaten Weg zu finden, dieses Wasser zu vermarkten, da die Gemeinde es zur Versorgung ihrer Bürger nicht benötigt. Inzwischen ist unser kleines Konsortium so weit gediehen, dass der Markteinführung alleine noch der passende Name fehlt. Die Suche danach hat sich zu einem konkreten Problem hochgeschaukelt. Welche wunderlichen Namen wurden ins Spiel gebracht, von allen Seiten eingehend beschnuppert und schließlich doch wieder verworfen.

Ich sehe den Baron von der Seite an, sage *Wildbach*, lächle hinaus zum Park.

Leichthin, wie nebenbei lege ich ihm meinen Vorschlag auf die Zunge, damit er ihn abschmecken kann. Dabei soll er nicht auf die Idee kommen, ich könnte mir tiefere Gedanken gemacht haben.

Neben mir Schweigen, für einige Momente.

Dann legt Eugen von Blauberg seine schmale, mit braunen Flecken bedeckte Altherren-Hand leicht auf meinen Unterarm. Er murmelt vor sich hin: *Wildbach ... Wildbach ...*

Denn er weiss nicht, was er tut

10

Die Schwimmbad-Idee will mir in diesen Tagen irgendwie als überspannt vorkommen, habe sie allerdings noch nicht aus meinen Überlegungen verabschiedet, aber doch gedanklich erst einmal zurückgestellt.

Meine Kindheit, der ich mich versuche zu nähern, ohne dass sie sich zu sehr versteckt, kommt mir beim Schürfen nach schwachen, bestenfalls verschwommenen Bildern vor wie altes Gerümpel, in dem zu stöbern von vornherein irgendwie Unsinn ist und erscheint manchmal weiter weg zu sein als Hammurapi mit seinen Keilschrifttafeln.

Nun jedoch hat Lancelot sich nach unserer Begegnung am Turm mit seinem vagen Versuch, mich ins Bockshorn zu jagen, tatsächlich in mein Denken eingeschlichen, und zwar mehr, als mir lieb ist. Ich beschäftige mich wahrhaftig fast schon ernsthaft mit ihm, suche Antworten auf Fragen, die nicht einfach so auf der Hand liegen.

Meine Sammlung afrikanischer Kunst und, spielt das Wetter mit, der Rosengarten, haben mir den imaginären Freigang erlaubt, mich intensiver mit Lancelot zu befassen. Neben den frischen Spuren des Fotografen in Kimmling folge ich beharrlich meinen eigenen frühen, suche nach Geschichten aus meiner Kindheit. Erinnerungsfetzen, auf gelbe kleine Zettel gekritzelt in dem Moment, in dem sie formulierbar waren, an die Scheibe eines der Bücherschränke geklebt, machen mir den Blick zurück nicht klarer, lassen Zweifel wachsen, ob einzelne Szenen wirklich so geschehen sind, oder vielleicht gar nicht so geschehen sein können.

Zu Lancelot also: Er versucht mich wohl zu erpressen, zumindest unter Druck zu setzen, will mich irgendwie reagieren lassen. Warum tut er das? Gerade jetzt? Warum hat er am Turm ganz bewusst diese nicht sichtbare Grenze überschritten? Weshalb reibt er mir das Treffen in der Nacht so über Gebühr unter die Nase? Weshalb droht er so hitzig mit dem Damoklesschwert? Was ist die eigentliche Ursache seiner Obsession? Ich gehe noch weiter mit meiner Fragestellung, frage, was er überhaupt mit Kimmling zu schaffen hat, gehört er doch nicht einmal hierher?

Da passt eigentlich nichts zusammen, ist und bleibt unter dem Strich das Ergebnis meiner Analyse aller unserer Begegnungen.

Ich werde ihm auf leisen Sohlen auf die Pelle rücken, seinen infamen Absichten auf den Zahn fühlen. Geduldig und ruhig auf den richtigen Moment zu warten, fiel mir noch nie schwer. Seine Erpressung fürchte ich nicht. Lancelot hat mir den Fehdehandschuh hingeworfen, und er wird ganz sicher nicht als Sieger vom Feld gehen. Nie nicht, wie Korbinian gerne sagt, will er ein Nein besonders unterstreichen.

In der Nacht habe ich von meiner Mutter geträumt, wohl eine unmittelbare Folge meiner Rückbesinnungen. Ich kenne meine Mutter nicht, hüte von ihr nur vierzehn Fotos, alle schwarzweiß. Sie ist so früh verstorben, dass ich gar keine Erinnerung an sie haben kann. Vater hatte damals und auch später weder Zeit noch Interesse an seinem Sprössling. Und hier springen meine Kindermädchen als Hauptpersonen in die Lücke. Sie haben meine frühe Kindheit bis zum Beginn meiner Schulzeit, die ich vom ersten Tag an in Internaten verbrachte, bestimmt. An erster Stelle war es Christa, die ich noch heute vor mir sehe, blond, hübsch, gescheit, die mir ohne es zu ahnen das Lächeln als Waffe schenkte. Und sie brachte mir das Schwimmen bei, packte gleich die Begeisterung dafür noch dazu. Aus Schottland kam Shirley, die mir zum Abschied die Schornsteinfegerpuppe Peterle in den Arm legte. Und die rothaarige Anne-Doris, die mich mit schöner Stimme in den Schlaf sang. Auch die dunkelhaarige Rachel mit den langen dicken Zöpfen, mit der ich baden, die ich mit Schaum dekorieren durfte.

Die Galerie junger Frauen, die mich mal kürzer, manchmal auch länger unter ihre Fittiche nehmen durften, behaupten sich aus der Vergangenheit heraus gut gegen den dubiosen Fotografen der Gegenwart.

Nein, die alleinige Hauptrolle bekommt Lancelot nicht.

Meines Vaters böse Augen

11

Der Tag war unangenehm warm, der Himmel am Vormittag bedeckt, als ich im Büro des Architekten Andreas Helmes im ersten Stock seines stilvoll restaurierten Fachwerkhauses saß. Helmes hatte mein Haus in Kimmling-Hof nach meinen Vorstellungen hergerichtet, genoss in seinem Fach einen exzellenten Ruf. Er war in meinem Alter, ein Mann, dem bewusst war, dass er gut aussah, der etwas von Boheme hatte mit seinen dichten weißen, halblangen Haaren und dem grau-weißen Dreitagebart.

Ich rief ihn an und er hatte den von mir gewünschten Termin frei, was ich natürlich voraussetzte.

Im Büro stand eine chromblitzende Kaffeemaschine, schnittig designt. Mit leichter Hand zauberte er uns zwei Espressi auf den Tisch. Wir unterhielten uns über mein Stück, das er im »Kellertheater« gesehen hatte.

Nach dem Kaffee kamen wir zur Sache. Nämlich: Das Schwimmbad, das ich noch mit Fragezeichen versah, es von den technischen Möglichkeiten sowie seinen Vorschlägen zur Realisierung abhängig machen wollte. Zudem das neue Panoramafenster in der Bibliothek, für einen Architekten seines Formates wahrlich kein Problem.

Helmes öffnete auf seinem Notebook den Kalender und wir vereinbarten einen Ortstermin.

Vom schmucken Fachwerkhaus ging ich die Gasse hinunter zur Hauptstraße, weiter zum Bahnhof, wo mein Wagen auf mich wartete.

Auf dem Parkplatz vor der gläsernen Lobby der »Residenz über dem See«, dem exklusiven Seniorenstift, in dem mein Vater lebt, stelle ich meinen Wagen ab, durchquere das Foyer, fahre mit dem Lift nach oben.

Ich bin hier, um – wie vereinbart – meinen Vater abzuholen. Wie jedes Jahr am Todestag meiner Mutter werden wir nach München fahren, um ihr Grab auf dem Westfriedhof zu besuchen.

Ich stehe einen Moment vor Vaters Apartment, höre ihn drinnen lachen, was so selten vorkommt wie eine Sonnenfinsternis. Der Herr Professor ist also nicht alleine, mit sich selbst lacht er nicht und gar über sich selbst erst recht nicht.

Vater hat Besuch von seiner Freundin, Freifrau von Stetten. Die Dame aus altem Adel begrüßt mich wie gewohnt liebenswürdig. Vater hingegen ignoriert mich, so als sei ich nicht im

Raum, zeigt mir mit seiner ganzen Haltung, dass ich ihn störe. Im Moment passt ihm nichts, also auch unsere Fahrt nach München nicht, er steckt in seinem Kokon fest, aus dem ihn allein die Freifrau zu locken vermag.

Auf dem Regal hinter dem Ohrensessel, in dem Vater steif mit durchgedrücktem Rücken sitzt, steht der Boccalino, der Weinbecher, den Freifrau von Stetten meinem Vater zum Andenken an den gemeinsamen Aufenthalt bei Immanuel di Lasso im Piemont verehrte.

Sie wird sich, plaudert sie munter, während Vater schmallippig schweigt, an ihr großes Puzzle setzen, Schloss Herrenchiemsee, ein Geschenk ihrer Nichte für die bekennende Verehrerin König Ludwigs II, des bayerischen Märchenkönigs.

Auf der Fahrt, etwas später, das Schweigen hält weiter an, Vater tut ganz so, als habe ich ihn gegen seinen Willen entführt, fällt mir auf, dass an seinem Handgelenk die Uhr fehlt.

Er habe sie dem Uhrmacher gegeben.

Plötzlich kann er wieder sprechen, seine Bockigkeit ist scheinbar aufgelöst.

Welchem Uhrmacher?

Der ehemalige lutherische Pfarrer, ein Stockwerk tiefer, repariere mechanische Uhren aller Art, gehe mit solcher Begeisterung seinem Hobby nach, dass man ihn im Haus den Uhrmacher nenne. Er werde die Uhr reinigen und dann nachsehen, weshalb sie jede Woche einige Minuten der Zeit vorauseile.

So viele Worte an einem Stück hatte Vater lange nicht mehr für mich übrig.

Einige Minuten, frage ich nach.

Dafür sendet er mir einen Blick, mit dem er deutlich macht, dass mit ihm nicht zu spaßen ist. Aber er antwortet.

So viel Zeit bleibe ihm nun mal nicht mehr, da müsse ihm seine Uhr nicht auch noch was abzwicken.

Dann erneutes Schweigen. Ich überlege, was ich ihm erzählen, mit welchem Thema ich sein Interesse wecken könnte. Und mir fällt etwas ein. Ob er von den Nebensonnen gehört habe, einem seltenen Naturphänomen, das im letzten November auch über den oberbayerischen Seen zu bestaunen war. Sein Blick ist aufmerksam, ich habe also einen guten Punkt getroffen. Er erinnere sich, dass damals im Haus darüber gesprochen wurde, wie über eine Sensation. Es gäbe ja einige Sternengucker unter den Mitbewohnern, die durch solche Vorkommnisse völlig aus dem Häuschen geraten könnten.

Ich will noch weiter darüber reden, aber für Vater sind die Nebensonnen mit seinem Kommentar abgeschlossen.

Ich biege zum Westfriedhof ab, Vater schaut verbissen und still vor sich hin. So ist er eben, der Herr Professor. Ich halte Ausschau nach einem freien Parkplatz nahe dem Eingang, da sagt Vater auf einmal in das Schweigen, streng, ich solle auf dem Hauptweg in den Friedhof fahren.

Was soll das jetzt? Ich halte an, sehe ihn fragend an, warte auf eine Erklärung. Er starrt mich mit bösen Augen an. Wie Blitzlichter steigen Erinnerungen hoch, wie auch meine tiefe Abneigung gegen seine bösen Augen.

Jetzt gäbe es reichlich Stoff zum Notieren. Nur ist es mir nicht möglich, manch eine der Situationen in Stichworten festzuhalten, die mir augenblicklich durch den Kopf schwirren, in denen er mit diesen bösen Augen versuchte, Herr der Lage zu bleiben, sich durchzusetzen.

Auf der Expedition in die eigene Vorzeit werde ich noch am Abend dieses Tages die alten Bilder in Prosa verwandeln. Zu dieser Stunde, in der ich in meiner Bibliothek sitze, mit grüner Tinte in mein rotes Buch schreibe, steht es mir frei, einen Sonntagmittag aus meiner späteren Kindheit zu skizzieren, es muss kurz vor der Fahrt zu meinem ersten Internat, wohin mich

Großmutter begleiten sollte, gewesen sein. Meine Großmutter, Mutter meines Vaters, hatte gleich, mit dem Betreten des Hauses, wie selbstverständlich das Kommando übernommen. Mein Kindermädchen, dem sie mich sofort entzog, wehrte sich nicht, war nach wenigen Tagen aus dem Haus. Dieser spontanen Frau, die energisch war und zudem fromm, vermochte niemand zu widerstehen. Nur Kapitulation oder Rückzug kamen infrage. Ich, noch für wenige Tage im privaten Kindergarten der Tante Gretel, war die Beute, die Großmutter in ihren doch so liebevollen Klauen festhielt. Natürlich, überhaupt keine Frage, sie meinte alles, was sie tat, nur gut. Einwendungen, Diskussionen waren per se sinnlos. Großmutter wollte gut sein und das mussten ihre Mitmenschen nicht nur anerkennen, sondern vor allem akzeptieren, alle, also auch mein Vater.

Es kam zu der Einladung dieses Bettlers mit der abgegriffenen Ledertasche unter dem Arm zum sonntäglichen Mittagstisch. Meinem Vater passte das überhaupt nicht und das zeigte er sehr deutlich. Mit bösen Augen saß er am Tisch, rührte sein Essen nicht an. Großmutter plauderte ungerührt mit ihrem Gast. Weitere Pluspunkte auf ihrem Verrechnungskonto mit dem lieben Gott …

Zurück zum Westfriedhof.

Ich solle losfahren, schnaubt Vater, es sei erlaubt. Seine Hand fährt ungeduldig durch die Luft.

Also gebe ich nach, rolle langsam durch die Einfahrt in den Friedhof hinein. Die Gärtner, an denen wir vorbeikommen, heben nur kurz den Kopf bei der Arbeit, Besucher treten zur Seite. Vater hat wohl mit seiner Behauptung recht. Bisher sind wir immer zu Fuß gegangen, die Fahrt durch den Friedhof machen wir zum ersten Mal.

Vor dem Seitenweg halte ich an. Ich helfe Vater beim Aussteigen. Indem ich mich umschaue, fällt mir das frisch sprießende

Grün auf. Die Natur beginnt, den Frühling zu inszenieren und die Stadt ist da offensichtlich dem Land um eine Nasenlänge voraus.

Vater lässt es sich die wenigen Schritte zum Grab hin gefallen, dass ich ihn leicht am Arm führe. Vor der gepflegten Ruhestätte schüttelt er dann meine Unterstützung ab, stellt sich dem geschmackvollen hellen Stein, auf dem Mutters Name sowie das Geburts- und das Sterbedatum eingemeißelt sind, mit auf den Rücken gelegten Händen gegenüber.

Ich betrachte den Mann, meinen *zufälligen Vater*, wie Shirley ihn vor vielen Jahren – für mich damals noch nicht verständlich, dennoch nicht vergessen – mit Wut in der Stimme nannte. Tatsache ist, dass Vater mir nie, zu keiner Zeit, Zeichen von Zuneigung gab, er nie der Freund des Sohnes sein wollte. Ihn interessierte immer nur ein Mensch wirklich und der war er selbst. Wir stehen nahe beieinander, doch zwischen uns gähnt ein tiefer Graben. Warum, frage ich mich, nicht zum ersten Mal, zieht es ihn jedes Jahr an diesem Tag hierher? Ich vermag nicht einmal zu sagen, ob er meiner Mutter überhaupt so etwas wie Liebe entgegenbrachte, ob er dazu überhaupt fähig gewesen war. Lebt Richard Petermann noch tiefer gefangen in der düsteren Welt ohne Gefühle als ich?

Kann es so sein? Schon möglich.

Doch sind es allein nur Spekulationen, ein Spiel der Gedanken. Der weißhaarige Mann, über neunzig Jahre alt, steht dort am Grab seiner jung vor mehr als sechzig Jahren verstorbenen Frau, die Schultern leicht nach vorne verschoben, das Kinn fest auf der Brust, die Hände auf dem Rücken. Was geht ihm durch den Kopf in diesen Minuten?

Seine Lippen bewegen sich, er murmelt vor sich hin, nur wenige Worte.

Nächstes Jahr wieder, Liebste.

Nächstes Jahr wieder, Lisbeth.

Ich habe nicht verstanden, was er sagte.

Mensch, bezahle deine Schulden

12

Am Morgen, es war so gegen halb acht, stand ich am Schlafzimmerfenster, sah die nahen Bäume nicht, mein Haus war von dichtem, hellem Nebel eingeschlossen.

Später dann am Vormittag, ich bin auf dem Weg nach Kimmling, bietet sich meinen Augen für wenige Augenblicke ein seltenes Wunder an Schönheit. Fast hat die Sonne den Sieg gegen den Nebel errungen, da zieht wie im Triumphwagen ein gelboranger Feuerball durch den Dunst. Das Licht ist unwirklich, ein unglaublicher Moment für einen Maler oder glücklichen Fotografen, der seinen Apparat bei sich hat. Könnte Lancelot so ein Glückspilz sein? Er streift doch ständig durch die Gegend.

Warum springt er mir schon wieder in den Kopf?

Unterwegs zu Magdalena schaue ich noch mal beim Bäcker List vorbei. In der Früh, als ich meine Semmeln holte, habe ich die Marzipanfigürchen gesehen, die Xaver mit geschickten Fingern geformt und Leni fantasievoll bemalt hat.

Ich wähle mir sechs der niedlichen Figuren aus, verlasse den Laden in Richtung zum Markt hin. Der leichte Wind hat merkbar aufgefrischt. Intuitiv trete ich mehr zur Seite, gehe enger an den Hausfassaden entlang. Ahne ich, wer sich mir von hinten nähert? Ein Auto, ein Diesel, brummt in meinem Rücken. Gleich muss er an mir vorbeirollen. Nein, der schwarze Van hält neben mir an. Ich bleibe stehen. Auf der Beifahrerseite summt das Fenster nach unten, der Fahrer beugt sich herüber, grinst mich breit an.

Lancelot.

Was will er? *Dies diem docet*, denke ich, der Tag lehrt den Tag.

Ich lächle ihm zu.

Nur beiläufig registriere ich die Unordnung in seinem fahrbaren Untersatz. Auf dem freien Sitz neben ihm eine reichhaltige Sammlung Cola-Dosen und leere Chipstüten.

Er macht wieder die Bewegung mit den Fingern, die ich mit seinen Worten verknüpfe. Momentan sei er ziemlich klamm, finanziell, sagt er, schiebt eine winzige Kunstpause ein, und fragt: Wir verstehen uns, Petermann?

Ich rieche den unangenehmen Geruch des Ungemachs. Der impertinente Kerl beginnt, den Bogen zu überspannen. Wer ist er denn, dass er mich so ansprechen darf? So nicht, Herr Lancelot Herkommer!

Ich gehe davon aus, dass er fest daran glaubt, mich durch sein Gehabe zu reizen. Diese kurze Begegnung, auch ein gesuchter Zufall, ist für ihn ein weiterer Schritt auf das Ziel hin, das er gerade konkret benannt hat. Ich verstehe ihn, meine nämlich zu wissen, wie er denkt, weiß, dass er falsch denkt, denn er beurteilt mich und damit die Situation verkehrt und zwangsläufig vermag er meine Antworten nicht auch nur zu ahnen.

Frech zwinkert er mir wie einem Stammtischbruder zu, das Fenster summt leise wieder nach oben, und schon fährt er davon. Zu schnell, denn hier ist nur zwanzig erlaubt. Offenbar bester Laune blicke ich dem Van nach, bin mir nämlich sicher, er sieht mich im Rückspiegel stehen.

Noch habe ich Magdalena nichts von Lancelots bislang stiller Erpressung erzählt, also auch nichts von der Begegnung kürzlich am Turm. Was wird sie sagen, wenn ich ihr nachher berichte?

Am Ausgang der Gasse stehen zwei ältere Frauen mit Nordic-Walking-Stöcken, sehen mit Neugier im Gesicht zu mir herüber. Die eine Frau ist Lore Rebhan, wuschelige rote Mähne, runde Brille, unverkennbar. Die Begleiterin wird wohl ihre Münchner Freundin sein; eine Frau von dem Typ, der schon als junges Mädchen eine alte Jungfer mit strengem Gesicht und schmalen Lippen ist.

Waren die beiden Zeuginnen der kurzen Begegnung eben?

Ich wünsche munter einen Guten Tag und erhalte den Gruß zurück. Erst nachdem ich meinen Weg fortsetze, marschieren auch die Frauen wieder los. Noch ein kleines Stück weit höre ich die Stöcke klicken.

Ein Gebet ist Hoffnung

13

Ein sprichwörtlicher Apriltag mit Nebel am Morgen, später Sonne und Regen im steten Wechsel.

Dieser Tag wird mir in Erinnerung bleiben, weil es der Tag ist, an dem Hochwürden Demme geschickt und leichthin, wie es eben nun mal seine Art ist, einen Mann einfach so in mein geruhsames Leben hineinwebt, einen Mann, dessen Namen die Welt kennt, Paul Tulipan, einen der berühmtesten Maler der Gegenwart.

Ich bin mit dem Pfarrer von Kimmling im Kloster verabredet. Mit dem Rad zu fahren kommt wegen des unsteten Wetters nicht infrage; ich nehme den Wagen.

Im Innenhof sind Parkplätze vorbereitet für die Gaststätte, die an den Ostertagen ihre Pforten öffnen wird. Noch auf dem Weg zum Eingang fängt es an zu regnen.

Vom Pfarrer sehe ich zunächst nur den Rücken. Was macht er hinter der chromblitzenden Theke? Also kann ich in Ruhe einen ersten Eindruck des »Klosterbräu« aufnehmen. Blickfang, auch Mittelpunkt, sind die beiden kupfernen Braukessel, die erhöht mitten im Raum stehen, darum herum die Tische und Stühle aus hellem Holz.

In jeder Hand einen Glaskrug mit dunklem Bier kommt Demme auf mich zu. Er strahlt über sein rundes Gesicht, die

Wangen leuchten rot. Er stellt die Gläser auf den nächstbesten Tisch. Wir reichen uns die Hände und nehmen Platz. Der Pfarrer hebt sein Glas, sagt, er möchte mit mir auf das »Klosterbräu« und die *Freunde des Klosters* anstoßen. Ich habe nichts dagegen. Wir trinken von dem kühlen Bier. Eine Wohltat.

Noch die Hand am Glas streicht seine Zungenspitze über die Lippen und er beginnt zu sprechen, klöppelt lobende Worte, beherrscht die Kunst, seine Elogen aufrichtig klingen zu lassen. Der Pfarrer glaubt das, was er sagt, was auch einen guten Teil seines Charmes ausmacht.

Vom kleinen »Klosterbräu« baut er ohne Mühe die Brücke zum »Klosterhotel«, wobei des Pfarrers gesammelte Überlegungen längst in einen Plan gegossen sind. Eng verzahnt sind damit die *Tage der Einkehr*, die in Zusammenarbeit mit dem Ordinariat in München das Hotel, zumindest am Anfang, tragen sollen.

Der Pfarrer reiht schöne Worte für die *Freunde des Klosters,* die auch für das Hotel das sichere finanzielle Netz aufspannen werden. Ich bin einer dieser Freunde und zumal kein unwichtiger.

Diese Treffen mit Hochwürden sind für mich ein bunter Tupfer im Alltag, eine beschauliche Zeit, die mir gefällt.

Ich gehe schon davon aus, dass sich nicht nur das Bier im Glas dem Ende zuneigt, sondern auch unsere Unterhaltung, da spricht Hochwürden überraschend ein neues Thema an, das mich sofort fesselt, was ich ihm nicht zeige.

Der Pfarrer wird nachher Leander Mendel im Kloster besuchen. Den Restaurator treiben besondere Sorgen um. Sein Freund, der Maler Tulipan, sitzt in Schweizer Untersuchungshaft.

Das ist mir neu, habe davon noch nicht gehört. Ist das kein Medienthema? Ich frage nach.

Paul Tulipan, Hochwürden?

Demme nickt, zwischen seinen Augen, die mich traurig ansehen und dunkel sind, stehen zwei steile Falten, sonst nur als Andeutung zu ahnen, auch das Rot auf seinen Wangen erscheint mir intensiver. Hochwürden Demme leidet sichtbar mit.

In meinem Büro bei »Pythagoras« hing (und hängt noch immer) ein Gemälde von Paul Tulipan. Sein bekanntes Œuvreverzeichnis führt es unter dem Namen *Blasse Sonne.* Auf den ersten Blick ist es ein kaltes Bild, das den Betrachter zunächst einmal fragen lässt: Wo ist die Sonne? Gefrorener Nebel, Äste filigran silbern eingesponnen, die Sonne allein eine ferne Ahnung. Auch für mich, einen Freund der Kunst, wenn auch kein Kenner der modernen Malerei, ist dieses Werk unzweifelhaft ein Meisterwerk der Gegenwartskunst.

Was wird Tulipan vorgeworfen?

Er soll seine Geliebte erstochen haben. In einem Anfall von Eifersucht. Hoch über Zermatt im Hotel auf dem Gornergrat.

Das ist bewiesen?

Mutmaßlich, würde da wohl ein Jurist sagen.

Und was sagt Tulipan?

Nichts.

Nichts?

Kein Wort.

Tulipan lag schlafend auf seinem Bett, vollständig angezogen, als die Polizei sein Hotelapartment betrat. Nachdem ihm gesagt wurde, was passiert war, verlor er völlig die Fassung, bekam einen hysterischen Anfall, musste von einem Arzt ruhig gestellt werden. Seitdem schweige er.

Warum habe ich davon nichts gehört?

Die Staatsanwaltschaft habe eine Nachrichtensperre beschlossen, wegen der Prominenz des Beschuldigten. Demme schaut mich an, hat die Hände auf dem Tisch gefaltet. Er bete jeden Tag für Tulipan.

Ich unverbesserlicher Agnostiker frage ihn, ob Tulipan in seiner misslichen Lage Gebete sehr hilfreich seien?

Ein Gebet gebe gerade darum Hoffnung, weil keine unmittelbare Antwort zu erwarten sei. Kluge Worte fürwahr und ein deutlicher Hinweis an mich.

Sollte ich vielleicht helfen können, bitte ich brav den Pfarrer, möchte er es mich wissen lassen.

Er werde Herrn Mendel von meinem Angebot gerne Kenntnis geben.

Gleich darauf treten wir zusammen nach draußen. Der Regen macht im Moment eine Pause. In Kimmling erwischt mich dann ein heftiger Schauer. Während ich zum Haus hinauffahre, scheint die Sonne wieder.

Wo haben Sie den denn losgelassen?

14

Mit Korbinians kleinem Traktor, den Anhänger mit allerlei Gerümpel beladen, sind wir unterwegs zum Wertstoffhof. Unterhalb des Waldes queren wir den Hang, uns zu Füßen breitet sich Kimmling aus, liegt die weite, glatte Fläche des Sees und vor dem Horizont stehen graublau die Berge.

Ich ertappe mich dabei, dass ich versonnen, sogar träumerisch auf den kleinen Ort, der mir unzweifelhaft in wenigen Jahren eine Heimat geworden ist, hinabschaue.

Warum steigt auf einmal aus diesem ruhigen Dorf wie unsichtbarer Rauch eine latente Drohung hoch? Seit Tagen meine ich, ein dunkles Brodeln unter der friedlichen Oberfläche zu verspüren. Normale Blicke haben plötzlich etwas Tückisches, alltägliche Worte nicht nur eine Deutung. Es ist wie eine Vision, rational nicht zu erklären, es ist ein Lufthauch, der einem eine unerklärliche Gänsehaut über den Rücken rieseln lässt. Kann alleine Lancelots Potenzial an Bösartigkeit ausreichen, um das liebenswerte Kimmling so zu diskreditieren? Dieser merkwürdige Fotograf markiert einem Hund gleich sein Revier, verspritzt sein Gift, glaubt wohl, mich im eigenen Saft köcheln zu lassen. Ich werde ihn aufhalten müssen, sollte er sich nicht demnächst besinnen.

Korbinian holt mich aus meinen Gedanken zurück, behauptet, Hannes Stockmann tue heute Dienst auf dem Wertstoffhof. Natürlich ist Korbinian kein Hellseher, aber er kennt den roten Kleinwagen unseres Nachbarn.

Wir fahren an zwei alten Scheunen vorüber. Mauersegler und Schwalben vollführen zwischen den Gebäuden ihre tollkühnen Flugmanöver. Noch vor dem breiten Tor des Wertstoffhofes kommen wir an der Streuobstwiese vorbei, die der Gemeinde gehört. Die Bäume leuchten richtiggehend, wollen ihre Blüten aufbrechen lassen. Im Hintergrund sehe ich zwei Bienenstöcke. Also bringen die Imker ihre so fleißigen wie winzigen Mitarbeiter schon in Position.

Neben dem Zaun, auf dem Weg zum blauen Bauwagen, dem Büro des Wertstoffhofes, warten die drallen Knospen eines hellen Magnolienbaumes auf den Moment des Entfaltens. Meine dunkellila Magnolien an der Auffahrt sind noch nicht so weit.

Hannes streckt den Kopf durch das Schiebefenster, sieht, wer da kommt, rumpelt gleich darauf die vier Holzstufen herunter, begrüßt uns wie ein Schiffbrüchiger, der zu lange allein auf einer einsamen Insel ausharren musste. Was wir geladen haben und bei ihm loswerden wollen, ist längst nicht so wichtig wie das sofort einsetzende Palaver zwischen Hannes und Korbinian. Für Hannes, da kenne ich ihn gut genug, sind wir vor allem hier, um ihm die Zeit zu verkürzen, so einfach ist das.

Der Wertstoffhof ist auch eine der Nachrichtenbörsen des Ortes. Das ist einer der Gründe, wenn nicht der wichtigste, weshalb dieser nur mit einer Art Ehrensold ausgestattete freiwillige Dienst so begehrt wie ansonsten wenig attraktiv ist.

Hannes erzählt von Lore Rebhan und ihrer Freundin, die an diesem Vormittag gemeinsam einen Leiterwagen auf den Hof gezogen hätten. Ihm würden jedes Mal die Brillengläser beschlagen, tauchten diese beiden Frauen in seinem Sichtfeld auf. Nur Gott alleine wisse, wo immer sie das Zeugs herhatten, das er ihnen half, auf die richtigen Behältnisse zu verteilen. Während der ganzen Zeit bekäme er von ihnen außer grünen Sprüchen nichts Neues zu hören, das dafür tauge, in den Kreislauf des Dorfes eingespeist zu werden. Gut, höflich wären sie, da könne er nicht meckern, seien dennoch spürbar, unüberhörbar distanziert, eben zwei ehemalige Lehrerinnen, eine für Griechisch, die andere für Latein, die ihren intellektuellen Sockel ebenso hoch wie selbstverständlich nehmen würden.

Man müsse sich das mal vorstellen, sagt Hannes und schüttelt den Kopf, sie hätten über vierzig Jahre an derselben Schule unterrichtet, seien befreundet und sprächen sich immer noch mit *Sie* an.

Während ich zuhöre, verfolge ich das muntere Geplansche einer Handvoll Spatzen in einer Pfütze, die vom nächtlichen Regen übrig geblieben ist.

Hannes hat die zwei Frauen so richtig in sein Herz geschlossen, wie ich mitbekomme.

Zu ihnen passe Lores Neffe als Dritter im Bunde wie die Faust aufs Auge. Es fehle nur, dass auch er mit Stöcken durch die Landschaft laufe. Seltsam genug sei der Typ ja auch schon ohne diese verschrobenen Tanten.

Sei das der mit dem Ritternamen, fragt Korbinian.

Ja, Lancelot heiße er, sagt Hannes.

Liebe für immer, einmal im Jahr

15

Ich sehe ihn vor der Bäckerei List stehen, als ich auf dem Rad näher komme, an ihm vorbeirolle. Lässig lehnt er an der Wand neben dem Schaufenster, einen Fuß gegen die Hausmauer gestemmt, begrüßt mich mit einem hochnäsigen Blick und einem lang gezogenen, eigentümlich betonten *Guten Morgen*. Will er mir etwa mit seinem inszenierten Auftritt weismachen, auf mich gewartet zu haben?

Ich gebe mich freundlich, mein Gruß klingt so, als freue ich mich, ihn zu sehen. Kann da inzwischen beinahe sicher sein, dass ihn das mehr ärgert, als würde ich ihn einfach ignorieren.

Was Lancelot da treibt, ist schon eine arge Belästigung, geht bereits stark in Richtung Stalking, eine allmählich unangenehme Okkupation. Der mutwillige Störenfried hat sich zur Plage entwickelt.

Als ich mit Lenis braunen, knusprigen Semmeln in der Jutetasche wieder ins Freie trete, hat sich Lancelot inzwischen in Luft aufgelöst.

Ich sitze in der Küche, sinniere zum Fenster hinaus, habe die kurze Szene eben noch vor Augen, da vibriert mein Smartphone auf dem Tisch. Meinem kurzen Ja antwortet ein helles Lachen.

Paula.

Doktor Paula Fratelli, forschende Ärztin am Institut für Humanmedizin, ist mir eine nahe Freundin. Für einige Jahre, eine unvergessliche Zeit, war diese wunderschöne Evastochter meine junge Geliebte.

Sie hat mit der Klinik von Professor Winkler den Termin für meinen jährlichen Gesundheitscheck vereinbart. Paula fühlt sich immer noch für mein Wohlergehen verantwortlich und weiß natürlich, dass ich sogar meinen langjährigen Hausarzt nur konsultiere, sollte wirklich Not am Mann sein, so wie vor wenigen Wochen. Doch davon habe ich ihr nichts gesagt.

Unser Gespräch ist beendet, ich halte das Smartphone in der Hand, lausche Paulas fröhlicher Stimme nach. Natürlich ist ihr meine tiefe innere Überzeugung bekannt, schon recht nahe vor dem Ende meines Weges zu stehen. Vor dem Spiegel in meinem Bad, während meiner Siesta in der Bibliothek, in der Stunde des Wolfs im Morgengrauen und wo auch immer, in irgendeiner Situation, aber ganz sicher überraschend werde ich das irdische Leben verlassen, ohne die für viele tröstende Gewissheit auf ein mögliches ewiges Jenseits. Ich kann nicht sagen, wo ich hingehe, werde gewiss auch nicht erwartet. Allerdings ist mir weder ein Unbehagen noch so etwas wie Furcht bewusst.

Ich schüttle diese Gedanken ab, gehe hinüber in die Bibliothek, setze mich an den Tisch, beginne an den Notizen zu arbeiten, die ich mir gestern bei Magdalena gemacht habe.

Meine Gefährtin hat eine natürliche Begabung als präzise Analytikerin. Bei der Suche nach den verschütteten Wegen meiner Kindheit und frühen Jugend ist sie mir eine willkommene Hilfe. Manche trüben Bilder sind deutlicher geworden, sogar völlig neue sind aus der Dunkelheit aufgetaucht. Es ist eine wirklich erstaunliche Reise, die wir da gemeinsam unternehmen.

Es klopft am Fenster. Ich hebe den Kopf und sehe Korbinians lachendes Gesicht.

Ich öffne das Fenster. Würde ich für ein Stündchen mit zu Inni kommen, fragt der Freund.

Inni Buisman, unser holländischer Nachbar auf dem Kastlerhof, ist Blumen- und Samenhändler, ein großer Elvis-Fan und vor allem ein munterer, unterhaltsamer Zeitgenosse. Ist er zu Hause, also an den Sonntagen oder Feiertagen, dann versammelt er gerne die Menschen, die er Freunde nennt, in oder vor der ehemaligen Scheune des Hofes, seinem Domizil, zum Schwatzen, Spielen und Trinken. Drüben im Haupthaus hat der Musikproduzent esoterischer Klänge, Rup Falke, seine Wohnstatt und das Tonstudio. Auch Rup ist ein geselliger Mann. Beide sind uns bald zu guten Nachbarn geworden – nicht nur, aber auch –, weil sie die Ruhe nicht stören.

Inni freut sich lautstark, als Korbinian und ich bei ihm erscheinen. Sofort zaubert er von irgendwoher Bierflaschen auf den Tisch und wedelt gleich darauf mit herausforderndem Blick mit den Skatkarten.

Wir spielen zwei Partien mit der dafür notwendigen Konzentration, trinken dabei unser Bier. Zu einem weiteren Spiel kommt es nicht, denn Inni erzählt, was sich mit seinem Akzent immer lustig anhört; hinzu kommt seine ständige rhetorische Nachfrage *weißt, was ich meine?* oder *verstehst mich?*

Am nächsten Wochenende wird er sich mit seiner Exfrau in Hirschhorn am Neckar treffen. Nach mehr als einem Jahrzehnt, in dem sie keinerlei Kontakt mehr hatten, sind sie sich vor einigen Jahren in Amsterdam zufällig wieder über den Weg gelaufen.

Solch verrückte Volten schlägt das muntere Leben, weißt, was ich meine? Inni will sich ausschütten vor Lachen.

Das Wiedersehen hatte das Feuer zwischen ihnen neu entfacht. Sie retteten noch einen Rest von Vernunft, um sich einzugestehen, dass es nicht für den Alltag langte. So versuchten sie es mit Treffen hier und da, um zusammen in die Glut zu blasen. Davon übrig blieb letztendlich ein Wochenende im Jahr, für beide ein mit viel Vorfreude erwartetes Event, immer an einem anderen Ort.

Inni hat sich auf Wolke sieben hinaufgeredet, schwebt auf seinen sprudelnden Worten davon.

Unser Segeltörn, Leo, muss ein paar Tage warten, lässt er mich mit strahlendem Gesicht wissen.

Phantome der Geschichte

16

Martha streckt den Kopf zur Tür herein.

Ob sie stören dürfe, nur kurz, auf eine Frage?

Ich winke sie in die Bibliothek, in der ich seit dem Frühstück am Schreibtisch sitze, zeige auf einen nahen Stuhl.

Wäre es möglich, dass ich in etwa einer Stunde Daniel Holzer in der »Lokalbahn« treffen könne?

Weiß Martha, was Daniel will?

Nein, sie weiß es nicht. Daniel hat Korbinian angerufen und ihn gebeten, mir seine Bitte auszurichten.

Ich kann mir nicht vorstellen, was der Heimatfilmer von mir will. Er hat doch meine Nummer, kann mich also anrufen. Warum dieser Umweg über Korbinian?

Ich danke Martha und sage zu, rechtzeitig in der »Lokalbahn« zu erscheinen.

Das Wetter ist gut genug, um das Fahrrad zu nehmen.

Ich betrete das noch ziemlich neue Lokal zum ersten Mal, bleibe an der Tür stehen, schaue mich um, der Wirt hinter dem Tresen sieht herüber, zwei Männer an einem Fenstertisch heben für einen Moment ihre Köpfe, Daniel Holzer rutscht vom hohen Hocker am Tresen und kommt auf mich zu. Er grinst mich an, grüßt, streicht über seinen Dreitagebart, eine Verlegenheitsgeste.

Ob das eine Einladung zum Bier gewesen sei, frage ich wohlwollend, doch mit ernstem Unterton.

Holzer wirft einen schnellen Blick hinter sich, tritt dann noch einen Schritt näher.

Der Denkmalschutz wäre im Kloster gewesen, flüstert er mir zu.

Aus welchem Grund?

Die Restauratoren hätten Fresken freigelegt.

Das sei doch keine aufregende Neuigkeit. Wären denn nicht schon einige Wandbilder entdeckt worden?

Sie sollen sehr alt sein. Man munkele von einer Sensation.

Drüben auf dem Tresen, wo Holzer seinen Platz hatte, liegt noch seine Filmtasche und das Stativ.

Ich lächle Holzer an. Er sei ein Schlingel, sage ich.

Seine Augen hinter den Gläsern seiner Hornbrille schauen mich erstaunt an.

Er missbrauche mich als Türöffner.

Ich muss ihm so deutlich Bescheid geben, damit er nicht auf den Gedanken verfällt, sein raffiniertes Manöver sei von Erfolg gekrönt, ohne als solches erkannt worden zu sein.

Natürlich verteidigt er sich.

Als Heimatfilmer sei er gut, schaffe kulturelle Werte, die über die Zeit hinausreichten. Er habe einfach die Chronistenpflicht, diese Fresken zu filmen, damit sie dokumentiert, dem möglichen Vergessen entrissen seien.

Das hat er sich wirklich gut zurechtgelegt, der Herr Filmemacher. Ich nicke ihm zu und schon machen wir uns auf den Weg. Holzer hat seine Tasche umhängen und das Stativ über der Schulter. Ich schiebe mein Rad.

Wir nehmen den Weg hinauf zum Hof von Franz Tischlinger, kommen am Teich vorüber, der zum Hof gehört, folgen dem Pfad am Hang entlang auf den Wald zu. Die Sicht ist gut, jedoch nicht ganz klar. Die Berge geben hinter einem großen Teil des Sees eine schöne Kulisse ab. Oben auf der Steinkirchner Höhe drehen sich die Flügel der Windräder.

Als wir aus dem Wald herauskommen, liegt unterhalb des Wiesenhanges die Klosteranlage. Von außen ist unser altes Kloster – der Chronik zufolge geht die Gründung auf das Jahr 1235 zurück – schon wieder ein Schmuckstück. Innerhalb der Mauern gibt es noch viel zu tun.

Die Pforte in der Mauer steht einladend offen. Im kleineren Innenhof mit dem runden Ziehbrunnen in der Mitte lasse ich mein Rad zurück. Holzer ist offenbar bekannt, wo es langgeht, von wem auch immer er die Kenntnis davon hat, führt mich nach vorne zum Torhaus. Hier hat in früheren Zeiten der Abt die Gäste empfangen, die das Kloster nicht betreten durften. Im sogenannten Torzimmer, dem Saal über dem Torbogen, sind die Fresken entdeckt worden, von denen Holzer gehört hat. Er marschiert mir zielsicher voraus und zieht die aus dicken Holzbohlen gezimmerte Tür vor uns auf. Als sie hinter uns in das einfache Schloss zurückfällt, ist es auf einmal ziemlich finster, sodass wir uns wie Blinde die enge, steile Treppe hinauftasten müssen, was für Holzer, der nur eine Hand frei hat, nicht ganz einfach ist. Oben steht eine Tür einen Spalt offen, durch den das wenige Licht, das uns geholfen hat hinaufzusteigen, die Treppe erreicht hat.

Hinter der Tür liegt ein langer Raum, das Torzimmer, mit einer Reihe schmaler Rundbogenfenster.

Auf einem einfachen Stahlgerüst steht eine Frau mit Spachtel und Schwamm in der Hand, uns zugewendet, weil sie uns natürlich hörte, und schaut auf uns herab.

Holzer sei ja wie ein Vertreter, sagt sie tadelnd mit heller Stimme, den man vorne herauswerfe und der durch die Hintertür wieder hereinkäme.

Holzer blickt mit offenem Mund nach oben. Er habe jemanden mitgebracht, sagt er. Dabei weist er auf mich.

Gegen ein Schlitzohr seiner Art sei kaum ein Kraut gewachsen, antwortet darauf die Frau, und steigt vom Gerüst. Sie trägt eine nach hinten gedrehte Baseballmütze, ein dunkelgraues T-Shirt mit dem leuchtend gelben Aufdruck *Mittelstürmer Jesu* und total verdreckte Jeans.

Ich kenne Hanna schon aus der Zeit, als sie noch mit der Restaurierung der Klosterkapelle beschäftigt war. Ich schätze die aparte, nicht alltägliche Schönheit auf Mitte fünfzig.

Wir reichen uns die Hände.

Ob der Herr Filmemacher mich überredet habe, ihm den Weg frei zu machen?

Ich gebe ihr zu bedenken, Herr Holzer sei nun mal der moderne Geschichtsschreiber von Kimmling.

Hanna zieht eine schiefe Schnute und wendet sich an Holzer, der noch neben dem Gerüst steht. Sie beschreibt mit dem ganzen Arm einen Halbkreis in der Luft, erlaubt ihm die Aufnahmen. Aber hurtig, fordert sie.

Dann macht sie mir mit den Augen ein Zeichen.

Während Holzer seine Kameratasche öffnet, sein Stativ aufbaut, eine Lampe am Gerüst befestigt, sie auf das Fresko ausrichtet, stehen wir an einem der Fenster und unterhalten uns.

Ich solle Holzer bitte deutlich darauf hinweisen, beginnt Hanna, das Fresko auf keinen Fall überzubewerten.

Mein Blick geht die Allee hinunter.

Ich könne ihn schlecht von etwas überzeugen, wende ich ein, über das ich selbst nichts weiß. Bis er mir vorhin davon erzählte, habe ich von dem Fund nicht einmal gewusst.

Sie möchte das Fresko einfach nicht an die große Glocke hängen.

Das Denkmalschutzamt sehe das ganz anders oder sei ich da nicht richtig informiert?

Wieder zieht sie diese Schnute, eine Angewohnheit, die mir bereits früher aufgefallen ist. Diese Schreibtischexperten, sagt sie, würden das Fresko zu gerne in die Karolingerzeit datieren. Und das nur wegen zweier bisher unleserlicher Buchstaben.

Ich pfeife leise durch die Zähne. Wäre diese Datierung richtig, müsste das Kloster doch wesentlich älter sein, als bisher angenommen, nicht wahr?

Sie gibt mir recht. In diesem Fall schwämmen einige Jahrhunderte des Klosters im Dunkel der Zeit. Aber wesentlicher sei die

Frage, welcher Zeitraum den Karolingern zugeschrieben werden sollte.

Höre ich da in ihren Worten starke Skepsis durchklingen?

Es kämen mehrere Punkte zusammen, die ihr gegen den Strich gingen. Zunächst mal die interessante Frage, wer den Denkmalschützern den Fund, der ja tatsächlich etwas Besonderes sei, vor der Zeit hinterbrachte. Sie selbst habe ja nicht mal Zeit genug gehabt, sicher zu sein und auch sei das Fresko noch nicht vollständig freigelegt. Für morgen hätten sich zwei Spezialisten von der Uni in München angekündigt. Ihr solle auf die Finger gesehen werden.

Sie seufzt, vielleicht ein wenig theatralisch, und schweigt eine kleine Weile.

Sie haben ihr geraten, erzählt sie, nicht weiter an der Freilegung zu arbeiten. Nicht direkt ein Verbot, aber doch ein streng gemeinter Hinweis. Dennoch habe sie weitergemacht und einen Hinweis gefunden, der nicht ins Schema passe. Falls die Leute von der Uni sich wirklich als Spezialisten erweisen würden, habe sie die leise Hoffnung, bei ihnen Unterstützung zu finden.

Was sei das für ein Schema, von dem sie spreche und warum diese Zweifel an der Datierung?

Spreche jemand die Zeit der Karolinger an, stellten sich ihr die Nackenhaare hoch. Sie sagt mir auch, weshalb: Ein Kreis von Historikern, auch bekannte Namen darunter, stufe die Karolinger als fragwürdig ein, glaube nicht wirklich, dass sie existiert hätten. Die Geschichtsschreibung dieser Zeit sei vermutlich eine Fälschung. Damals war die Sehnsucht der Welt ganz auf die Jahrtausendwende gerichtet, zu der fest mit der Wiederkehr Christi gerechnet wurde. Der Kaiser und der Papst, die mächtigsten Männer der damaligen Welt, waren ungeduldig, mochten nicht mehr warten, wollten Endzeitkaiser und Endzeitpapst sein, verschworen sich und füllten das Zeitloch ohne Bedenken. Dafür lägen genügend Belege vor.

Von diesen historischen Zweifeln habe ich noch nichts gehört, was ich ihr auch sage, und dass ich gerne mehr darüber erfahren würde, da sich diese Gedanken richtig spannend anhörten.

Sie lacht leise, schaut sich nach Holzer um, der mit gebeugtem Rücken hinter seiner auf das Stativ geschraubten Kamera steht und sich überhaupt nicht für uns interessiert.

Über das Thema Karolinger könne sie wahrhaftig ganze Vorträge halten.

Nun, vielleicht ergäbe sich ja mal die Gelegenheit, intensiver darüber zu sprechen.

Während sie immer noch dem Filmemacher zuschaut, sage ich ihr, dass ich nicht alleine zur Unterstützung Holzers gekommen sei, sondern tatsächlich darauf spekuliert habe, sie zu treffen und sprechen zu können.

Hanna schaut mich an, hat die Augenbrauen angehoben, was mir wohl ihr Erstaunen ohne Worte zeigen soll.

Ich möchte sie nach Paul Tulipan fragen. Ob sie den berühmten Maler kenne?

Auf einmal haben ihre Augen einen völlig anderen Ausdruck. Abwehr, ja Misstrauen meine ich zu lesen. Sie kennt ihn, da bin ich mir sicher.

Wieso ich mich für Tulipan interessiere und warum gerade jetzt?

Ich antworte ihr, dass ich Tulipan als Künstler sehr schätze, erzähle ihr von der *Blassen Sonne,* dass der Mensch hinter dem berühmten Namen für mich allerdings ein weißes Blatt sei, ich gehört hätte, ihr Kollege Mendel sorge sich sehr um den Freund, der in einer argen Bredouille stecke.

Hannas Augen sehen mich an, zeigen jetzt einen schelmischen Ausdruck. Dann wendet sie ihr Gesicht ab und schaut wieder nach draußen. Sie denkt offenbar nach und ich warte gerne geduldig ab.

Ja, sagt sie zum Fenster hin, sie kenne Tulipan, schon lange, da hieß er noch Benjamin Rosenstock, von allen nur Ben genannt, und eine Elvislocke wäre damals das Auffälligste an ihm gewesen.

Hanna arbeitete als junge Restauratorin für einige Wochen in der Kirche eines Dorfes am Taunushang. Es war für sie eine willkommene Arbeit in den Semesterferien, bei der nicht allein die Bezahlung im Vordergrund stand, sondern auch die Erweiterung ihres Erfahrungsschatzes sowie die Anerkennung ihrer Tätigkeit als Praktikum. Nach wenigen Tagen ließen sich immer wieder zwei Jungen in der Kirche sehen. Sie schätzte sie auf sechzehn oder siebzehn, jedenfalls waren sie nur wenige Jahre jünger als sie selbst. Wurden sie von der jungen hübschen Frau oder doch möglicherweise von dem, was sie tat, angelockt? Während sich der eine bald nur noch hier und da mal sehen ließ, wurde der andere immer anhänglicher, wich ihr fast nicht mehr von der Seite. Mit diesem Jungen, übrigens ein begabter Zeichner, der ihr sogar mitunter zur Hand gehen konnte, freundete sie sich an. Sie begannen, auch ihre Freizeit miteinander zu verbringen. Auf ihren langen Spaziergängen, die schon mal zu Wanderungen werden konnten, malte er sie zu gerne, füllte sein Skizzenheft mit Porträts und Szenen aus der Natur. Rückblickend war es ein fröhlicher Sommer einer harmlosen Freundschaft. Umso erschrockener waren sie über das unerwartete Unwetter, das aus heiterem Himmel über sie hereinbrach. Aus Eifersucht, von der sie nicht einmal ahnten, flüsterte Ben saftige Lügen im Ort herum. Dürftig bekleidet, sogar nackt lasse sich Hanna am Feldrain oder auf Waldlichtungen zeichnen. Worüber auch in einem Dorf heute jedermann mit einem Schulterzucken hinwegginge, konnte zu dieser Zeit noch einen Skandal auslösen, einen kleinen Ort regelrecht auf den Kopf stellen. Nur die schützende Hand des alten Pfarrers verhinderte Hannas sofortige Verbannung.

Auf Hannas Gesicht liegt etwas Träumerisches, während sie sich an die so lange zurückliegenden Bilder erinnert. Ich studiere ihr Profil, sehe die feinen Fältchen um die Augen.

Auch wenn die erste Begegnung mit Ben ihr mächtigen Ärger bereitete, haben sich ihre Wege in den vielen Jahren immer wieder gekreuzt, verliefen nie allzu weit auseinander, jedoch emotional nicht nahe.

Ich frage noch mal nach, um sicher zu sein. Der Freund dieses Sommers, der begabte Zeichner, war nicht der spätere Tulipan?

Hanna lacht. Nein, nein, der junge Ben habe keinerlei Interesse an der Kunst gehabt. Elvis und Fußball wären bei ihm höher im Kurs gestanden. Doch damals schon habe er sich stark von seinen Emotionen lenken lassen, wäre dadurch nicht nur einmal in eine Situation geraten, die er leicht hätte vermeiden können.

Darf ich aus diesen Worten ableiten, dass Tulipan vielleicht getan haben könnte, was ihm zur Last gelegt wird?

Hanna zieht ihre Augenbrauen kurz zusammen, lässt sich Zeit mit ihrer Antwort, die dann eine Frage ist: Wäre es für mich wichtig zu wissen, wie gerade sie diese Tragödie einschätze?

Ich sehe in ihr Gesicht im Fenster, lächle, und bekomme das Lächeln zurück.

Die Legende der heiligen Luisa

17

Es ist früher Nachmittag, als ich kräftig in die Pedale trete, um den Anstieg zum Bahnhof von Kimmling zu bewältigen. Hier wird gerade neben der Gaststätte »Lokalbahn« die Gemeindebücherei eingerichtet. Mir wurde versichert, dass ich Lore Rebhan um diese Zeit fast sicher in den neuen Räumen der Bücherei antreffen kann.

Ich stelle mein Rad im Fahrradständer ab und steige die wenigen Stufen zum Eingang hinauf. Hinter der Flügeltür zur Bücherei stehe ich schon mit dem ersten Schritt mitten im Chaos. Obwohl Magdalena mich vorgewarnt hatte, sagte, sie seien noch längst nicht so weit, hielten nur eine Art Notdienst aufrecht, bin ich von dem Durcheinander doch ein wenig überrascht. Regalteile lehnen an der Wand oder liegen einfach so auf dem Boden herum. Bücherkisten überall, neben- und übereinander. Zwei Monitore mit Kabelanhang stehen auf Stühlen. Auf Fensterbrettern stapeln sich CDs und DVDs. Die Sitzflächen von vier roten Sesseln sind mit Stößen von Zeitschriften besetzt. Gerahmte Fotobilder stehen an den Wänden. Von allen Seiten tauchen Frauen auf, suchen etwas, werden fündig und im Hintergrund gleich wieder unsichtbar.

Aber wo ist Lore Rebhan?

Ein lautes, fast asthmatisches Schnaufen erreicht meine Ohren. Es dringt aus einem Regalgang, kommt hörbar näher. Unverkennbar ein weibliches Wesen mit roten, wuscheligen Haaren taucht aus dem Mittelgang auf, stolpert beinahe über eine der herumstehenden Kisten, hält ein Papiertaschentuch vor die Nase, blinzelt mit geschwollenen, verklebten Augen durch ihre runde Brille zu mir her.

Da steht sie also leibhaftig vor mir: Lore Rebhan, ehemalige Lateinlehrerin oder für Griechisch, ich weiß es nicht. Sie ist aus den Tiefen der Bücherei aufgetaucht.

Pollenallergie, krächzt sie, mit rauer Stimme, gerade noch zu verstehen.

Sie trägt einen alle Formen kaschierenden dunkelgrünen Wollpullover, einen grauen knielangen Leinenrock, grüne gestrickte Kniestrümpfe, Haferlschuhe. So kann sie auf jedem Heimatfest auftreten.

Plötzlich schließt sie die Augen, niest ungeniert in ihre linke Armbeuge.

Nach einem tiefen Atemzug, ich bin vorsorglich zwei Schritte zurückgewichen, natürlich von ihr bemerkt, nennt sie ihren Namen, spricht nach einer Kommapause weiter, freue sich, dass ich persönlich vorbeischaue, sie dem legendären Doktor Petermann vis-à-vis gegenüberstehe und ihm danken könne für die großzügige finanzielle Unterstützung, ohne die ...

Ich winke ab, unterbreche sie mit einer leichten Handbewegung, sage, ich wäre nicht hier, um mir eine Tüte Dank abzuholen, habe gerne dem Projekt als Bürger von Kimmling auf die Beine geholfen.

Sie nickt zu meinen Worten, fixiert mich mit ihren verquollenen Augen.

Ich habe ihr hörbar den Wind aus den Segeln genommen, denn es dauert einige Momente, bis sie mich mit ihrer brüchigen Stimme fragt, ob sie mir das Konzept der Gemeindebücherei erläutern dürfe?

Auch darum bin ich nicht gekommen, denke ich, würde mit ihr nur zu gerne über ihren Neffen Lancelot sprechen. Allerdings möchte ich nicht mit der Tür ins Haus fallen, schiebe erst mal ein anderes Thema vor.

Sie habe mir das Stichwort *Legende* angeboten, sage ich. Ernte von ihr dafür einen fragenden Blick. Die Legende von der heiligen Luisa, erkläre ich.

Martha hat mir zuerst von der *heiligen Luisa* erzählt. Es war an einem der Tage, an dem sie in meiner Küche das Mittagessen zubereitete. Ich stand mit einem Glas Rotwein gegen das Fensterbrett gelehnt, hörte die nette Geschichte, die mir so gefiel, dass ich sie bei Gelegenheit sogar mal aufschrieb. Nun ist es ein glücklicher Umstand, dass sie mir bei dem Zusammentreffen mit Lore Rebhan so passend zugutekommt. Luisa Kammerlander sei ihre Tante gewesen, sagt Lore Rebhan.

Höre ich da einen leisen Hauch Stolz?

Die Geschichte der heiligen Luisa habe märchenhafte Züge, meint Lore Rebhan.

Würde sie mir die Legende erzählen, bitte ich sie mit einem Schmunzeln.

Die Büchereileiterin weist auf zwei Stühle nahe des Fensters, die mit einem Sammelsurium unterschiedlichster Dinge belegt sind. Sie räumt die Sitzflächen frei, und zwar ziemlich rigoros.

Jetzt liege Luisa auch schon seit etlichen Jahren oben auf dem Kirchhof. Mit Luisa sei auch ihr kleiner Laden gestorben, der zuletzt ohnehin nur noch ein karges Dasein gefristet hatte. Von der Tante habe sie das Haus geerbt, in dem sie nun lebe.

Wir setzen uns.

Das Kriegsende lag erst einige Wochen zurück. Die US-Army war nach Kimmling gekommen, zu Fuß mit Gewehren im Anschlag, mit Jeeps, Lastwagen und zehn oder zwölf Panzern, auf dem Weg gen München. Von dem Ort aus kontrollierten die Soldaten zunächst einmal die Gegend um den See herum. Die Panzer standen meist an den Waldrändern, waren vermutlich nach geheimnisvollen strategischen Überlegungen verteilt.

Die fremden Soldaten waren misstrauisch gegenüber der Bevölkerung, die Dorfbewohner ihrerseits trauten den Amerikanern nicht über den Weg. Für beide Seiten keine wirklich gute Situation.

An einem Tag nun, einer wie die vorangegangenen, es ging schon auf die Mittagszeit zu, hielt ein offener Jeep vor Luisas Laden. Ein riesiger Kerl, rabenschwarz war er, seine Uniform saß wie angegossen, wie Luisa sogar durch die Fensterscheibe sehen konnte, sprang mit Schwung aus seinem Gefährt.

Was wollte er hier? Luisa stand hinter dem Verkaufstisch und sah ihn kommen. Was konnte sie in ihrem kleinen Laden einem Soldaten der Sieger bieten, die ja eh alles hatten, sogar im Überfluss.

Schon stand der schneidige Riese vor ihr, quetschte einen Gruß durch die gar nicht so dicken Lippen, lang gezogen und für Luisa unverständlich, zeigte zwei weiße, makellose Zahnreihen. Luisa war gar nicht wohl, solche Situationen, die sie nicht verstand, mochte sie überhaupt nicht. Dennoch lächelte sie dem möglichen Kunden tapfer entgegen.

Mit seinem langen Zeigefinger deutete der Soldat auf den Sack mit Erdnüssen. Was wollte er denn damit? Er und seine Kameraden hatten doch reichlich davon, so viel, dass sogar Luisa einen Sack abbekommen hatte. Außer diesen Erdnüssen, hier in Kimmling eine außerordentlich exotische Ware, hatte Luisa nur ein kümmerliches Angebot für ihre Kundschaft in den Regalen. Das Wenige, das sie hatte, kam von den Bauern des Ortes. Sonst gab es ja nichts, so etwas wie ein Markt existierte schon länger nicht mehr.

Kaum hatte er seinen Finger zurückgezogen, Luisa angesehen, schon schüttelte sie stumm den Kopf. Da griff er, ohne dabei seine runden schwarzen Augen von ihr abzuwenden, in den Sack, knackte geschickt wie ein Taschenspieler mit spitzen Fingern die Schale, steckte die Nüsse in den Mund. Während seine Zähne hörbar arbeiteten, fischte er einen Dollarschein aus seiner Brusttasche, legte ihn mitten auf den Ladentisch. Wieder schüttelte Luisa ablehnend den Kopf.

Was für ein Spiel spielten die beiden da? Luisa hatte keine Ahnung, folgte alleine ihrem Instinkt. Wusste es der Soldat?

Der stumme Disput setzte sich fort. Der Soldat nahm eines der alten Zeitungsblätter, die neben dem Sack lagen, faltete mit wenigen Griffen eine spitze Tüte, füllte sie mit Erdnüssen, warf Luisa erneut einen Blick zu, legte dann einen zweiten Dollarschein neben den ersten. Und wieder, fast schon erwartet, schüttelte Luisa den Kopf, aber in ihren Augen glitzerte es jetzt. Hatte sie eine Idee, wohin das Spiel führen konnte?

Schon deutete der schwarze Riese mit weiten Armbewegungen an, den gesamten Laden kaufen zu wollen. Sein breites Grinsen präsentierte die ganze Pracht seiner Zähne. Doch beharrlich schüttelte Luisa ihren Kopf.

Der nächste Zug: Der Amerikaner legte ein schmales Bündel Dollarscheine auf den Tisch. Luisa verschränkte ihre Arme vor der Brust, schüttelte jedoch diesmal nicht den Kopf. In einem schauderhaften Englisch, das der Erdnusskunde irgendwie doch verstand, auf jeden Fall den Sinn ihrer Worte richtig interpretierte, bat sie ihn darum, dafür zu sorgen, dass das undichte Dach des Klosters instand gesetzt würde.

Oh Wunder, nur zwei Tage später ging Luisas Wunsch in Erfüllung, die Soldaten brachten, bevor sie kurz darauf weiterzogen, das Dach des Klosters in Ordnung.

Nur in nebensächlichen Details unterscheiden sich Marthas und Lores Versionen dieser Legende.

Wir stehen nebeneinander am Fenster. Die ehemalige Lehrerin schnieft zum Gotterbarmen. Von den Wiesen gegenüber dem Bahnhof, jenseits der Schienen, leuchten die winzigen gelben Sonnen des Löwenzahns herüber.

Ohne Luisas spontane Aktion gäbe es vermutlich das Kloster nicht mehr, sagt Lore Rebhan. Somit hätte auch Hochwürden Demme nicht seine wahre Leidenschaft finden können.

Höre ich da leisen Spott in ihrer rauen Stimme?

Von wem sie ihre Variante der Geschichte habe, will ich wissen.

Den Kern habe sie von Luisa selbst. Spätere Ausschmückungen seien durch Volkes Mund hinzugekommen.

Glaube sie die Legende so, wie sie sie mir gerade erzählt hat?

Lore Rebhan wirft mir einen schnellen Seitenblick zu, hebt ihre Schultern, lässt sie wieder sinken.

Es gibt nicht wenige, die die Legende kennen, die sagen, sie stimme vorne und hinten nicht. Die Zweifel spreche aber niemand laut aus.

Dass die Amerikaner das Dach repariert hatten, sei eine unbestrittene Tatsache, vom Pfarrer bestätigt. Die Frage sei meines Erachtens, weshalb sie es überhaupt gemacht hätten.

Ich sehe dabei Lore Rebhan an.

Hinter ihrer Stirn arbeitet es. Was soll sie mir sagen? Luisa war ihre Tante und soll ausgerechnet sie an der Legende der heiligen Luisa kratzen?

Auf dem See tastet sich der Schatten einer dunklen Wolke über das grün glitzernde Wasser.

Lore Rebhan murmelt hinter einem Taschentuch: Luisa sei zu dieser Zeit nicht mehr ganz jung, aber doch noch immer eine attraktive Frau gewesen.

Ist das der Ansatz einer Erklärung?

Wir beobachten beide die Lichterspiele auf dem See.

Luisa machte hinter dem Ladentisch mehrere Knöpfe ihrer Bluse auf und zeigte dem Soldaten, was sie zu bieten hatte, was nicht wenig war und ihn sprichwörtlich aus den Socken haute. So begann für Luisa und Sam aus Tulsa eine nur kurze, aber ziemlich heiße Affäre.

Hat Luisa selbst davon erzählt?

Nein, das Techtelmechtel der beiden komme aus Volkes Mund.

Solch eine Beziehung gäbe jedenfalls ein glaubhaftes Motiv für die Hilfe beim Klosterdach ab.

Eine Sexgeschichte mache immer was her, sagt Lore Rebhan und schnäuzt sich.

Vor allem mache sie damit die Legende einer Heiligen noch interessanter, nicht wahr?

Wir stehen nebeneinander, sehen schweigend zum See hinunter, bis im Hintergrund irgendwo mit lautem Poltern ein Stapel Bücher zu Boden fällt. Das trifft die Büchereileiterin offensichtlich bis ins Mark. Sie zuckt zusammen und nach einem schnellen Blick zu mir eilt sie davon, taucht zwischen den Regalen unter.

Ich spaziere ziellos durch den Raum. An der Tür bleibe ich stehen, um mir das dort angepinnte bunte Plakat anzusehen. Mit einem Regenbogen und vielen braunen Strichfiguren, ganz dem Kunststil der Naiven nachempfunden, thematisiert es die Ausbeutung der Ureinwohner in Südamerika. Das ist sehr geschickt gemacht.

Wie schaue das normale, für uns so gewohnte globale Handelssystem aus, fragt hinter mir plötzlich eine Stimme.

Ich habe Lore Rebhan nicht zurückkommen hören. Sie steht seitlich meiner rechten Schulter. Ich wende mich nicht zu ihr um, behalte meine Augen auf dem Plakat.

Sie spricht weiter mit ihrer rauen Stimme, schnüffelt ständig.

So billig wie irgend möglich in armen Ländern anbauen oder herstellen. So teuer wie irgend möglich in reichen Ländern verkaufen. Kosten zu Gewinn in Hunderten Prozenten. Und später exportieren die betuchten Länder ihre Giftabfälle für lau zurück in die armen Länder.

Die Stimme in meinem Rücken klingt erregt, böse sogar, und wenig damenhaft wird die Nase heftig hochgezogen.

Ein prima Geschäftsmodell, was? Ob meine Firma an dieser Spielart der Globalität auch beteiligt gewesen wäre? Falls ja, zwicke mich womöglich ein schlechtes Gewissen?

Ich wende mich zur Seite, links das Regenbogenplakat, rechts die schniefende Frau mit den verklebten Augen. Ich lächle sie an, obwohl mir der sorglose Umgang mit ihrer Allergie nicht gefällt.

Sie kämpfe seit Jahren gegen Windmühlenflügel, sagt sie, deutet dabei auf das Plakat und schickt die Worte *sed placet experiri* hinterher.

Also wohl eher Lateinlehrerin. Sie könne es nicht verleugnen, kommentiere ich ihren Spruch, dass man etwas probieren müsse.

Ihre entzündeten Augen sehen mich nachdenklich an.

Ich hätte mich schlaugemacht, ergo sei ich nicht zufällig und auch nicht wegen Luisas Geschichte gekommen. Ja, Lore Rebhan ist eine kluge Frau. Wir sind an der Stelle angelangt, zu der ich hinwollte.

Immer wieder begegne ich einem jungen Mann, sage ich ihr, einem jungen Mann, der nicht aus Kimmling komme. Sein Name sei Lancelot.

Sehe ich da in ihren geröteten, verschwollenen Augen ein amüsiertes Aufblitzen?

Sollte ich mit diesem Gedanken zu ihr gekommen sein, wüsste ich doch, dass Lancelot ihr Neffe sei.

Ich nicke. Meine Bitte: Würde sie auf den Neffen einwirken, mir doch nicht ständig im Weg herumzulaufen, was er offenbar mit Absicht tue und mit grimmiger Freude dazu.

Lore niest in die Armbeuge, räuspert sich ausführlich, trotzdem bleibt die Stimme belegt.

Lancelot habe nicht nur einen ungewöhnlichen Namen, für den übrigens sein Vater verantwortlich zeichne, er sei auch sonst ein Typ, der einige Striche neben der Norm lebe, kaum zu durchschauen.

Könne sie mir sagen, was Lancelot so mache in Kimmling? Welche Motive könnten einen Pressefotografen auf Dauer hierher locken?

Lore Rebhan weiß keine Antwort auf diese Frage. Der Neffe tauche einfach auf, wann immer es ihm passe, zumeist unangemeldet. Er wisse nur zu gut, sie weise ihm nicht die Tür.

Lancelot sei sicher freiberuflich tätig, habe wohl oft nur wenig zu tun, käme dadurch auch mal finanziell in die Klemme?

Sie drückt ein weiteres Papiertaschentuch gegen ihre Augen, hüstelt, zieht die Nase hoch, lacht gekünstelt.

Lancelot gehe es prächtig. Er sei so gut vernetzt, so gefragt, könne sich die Aufträge aussuchen. Mit der Berufsbezeichnung Pressefotograf kokettiere er zu gerne, stapele tief. Er arbeite für alle großen Magazine der Welt als Natur- und Reisefotograf. Da er sehr begabt sei, habe er schon in jungen Jahren eine steile Karriere gemacht.

Dann müsse ich ihr die Frage noch einmal stellen: Was suche Lancelot dann hier auf dem Land?

Ausspannen nennt er seine Vakanzen. Früher habe er nie den Kontakt zu ihr gesucht. Erst seit sie in Kimmling lebe, wüsste er, wo seine Tante zu finden sei.

Lancelot lege ziemlich häufig Sabbatzeiten ein. Oder scheine mir das nur so?

Der Junge störe sie nicht. Das Haus sei groß genug.

Aus einem der Regalgänge ruft eine weibliche Stimme nach Lore Rebhan.

Sie lächelt mir zu, ist schon auf dem Sprung, sagt, sie würde sich freuen, wenn ich demnächst wieder mal vorbeischaue, dann sei hier auch alles hergerichtet, versprochen.

Ich danke ihr, erwidere ihr schwaches Lächeln.

Begegne ich Lancelot jetzt irgendwo, wäre er für mich nicht mehr so ganz der Fremde, sagt sie zur Verabschiedung.

Ich wünsche ihr gute Besserung.

Wir geben uns nicht die Hand. So feinfühlig ist sie dann schon.

Die sieben Farben des Lichts

18

Erst vor einigen Tagen spielten Korbinian und ich auf der Terrasse in der wärmenden Frühjahrssonne Schach. Zwischen unserer ersten und der zweiten Partie berichtete ich ihm, was Hanna mir im Torzimmer des Klosters erzählt hatte.

Korbinian hörte aufmerksam zu. Er ist mit dem Restaurator Mendel, für ihn ein Kollege, gut bekannt, fast schon befreundet. Meine Anekdote allerdings war ihm neu, davon hatte er noch nicht gehört. Neu war ihm auch, dass Tulipan für Hanna kein Unbekannter ist.

Nach einem weiteren Spiel fragte Korbinian, ob ich wisse, dass Hanna mit Mendel zusammenlebe?

Im Kloster? Ich sehe ihn verblüfft an, so als wundere ich mich sehr über diese Unmoral. Weiß der Pfarrer das?

Korbinian lehnte sich auf seinem Stuhl zurück und lachte aus vollem Herzen. Mit Tränen in den Augen sah er mich an.

Noch am gleichen Tag fuhr ich hinüber in die Kreisstadt, besuchte meinen Buchhändler, stellte mit ihm eine Liste der Bücher zusammen, die sich mit dem Leben und dem Werk von Paul Tulipan beschäftigen, und bat darum, sie alle zu bestellen.

An diesem Vormittag nun habe ich die Bücher abgeholt. Jetzt sitze ich in der Bibliothek, die doch sehr unterschiedlichen Publikationen stapeln sich vor mir auf dem Tisch. Ich blättere mal in dem einen Band, mal in einem anderen, vertiefe mich noch nicht, möchte mir zunächst einen Eindruck verschaffen, kenne nämlich den Maler tatsächlich viel zu wenig.

Gerade habe ich einen umfangreichen Katalog vor mir liegen, die Tischlampe angeknipst und näher herangezogen, da klopft es an der Tür. Wie ich mich hinwende, erscheint soeben Korbinians Kopf, fragt, ob er den Herrn Doktor störe?

Komm rein, Korbinian.

Er habe jemanden mitgebracht, sagt er, schiebt die Tür auf, tritt zur Seite und lässt dem Restaurator Mendel den Vortritt.

Ich erhebe mich, gehe ihm entgegen. Natürlich kennen wir uns, wenn auch eigentlich nur vom Sehen, die wenigen Worte, die wir im Kloster mal gewechselt haben, sind ohne Bedeutung. Wir reichen uns die Hände und meine feine Nase wittert Tabakgeruch. Zigarre vermutlich. Mendel lässt seine Blicke über die Bücherschränke wandern.

Ich zeige mit ausgestrecktem Arm unbestimmt zum Sessel

und zur Couch. Aber Mendel bleibt am Tisch stehen, hat die Bücher gesehen, beugt sich vor, greift nach dem obenauf liegenden Titel *Frühe Farbvisionen – Tulipans Pariser Jahre.*

Sie kennen das Original, Herr Doktor Petermann? Mendel hält mir das Buch hin.

Meine Antwort ist ein leichtes Kopfschütteln. Was für ein Original? Ich vermag mir nicht zusammenzureimen, worauf er hinauswill.

Ein gewisser Ernest Hemingway schrieb *Paris, ein Fest fürs Leben.* Dieses Dingsbums hier, er hält das Buch wie etwas Unanständiges mit zwei Fingern in die Luft, sei ganz nahe am Plagiat. Fast alles darin wäre erstunken und erlogen.

Ich fange Korbinians Blick auf, weiß, was er mir sagen will.

Sie haben doch keinen Stehkonvent geplant, Herr Mendel?

Sein Gesicht, wohl durch den eisgrauen Vollbart so ernst, hellt sich mit einem Mal auf.

Wieder biete ich ihm Sessel oder die Couch, auf der er schließlich Platz nimmt, an.

Wasser, Tee oder Kaffee, Bier, Wein, Herr Mendel?

Er entscheidet sich für Weißwein.

Korbinian bedeutet mir, er wird den Wein holen. Ich bitte ihn, einen Aschenbecher mitzubringen.

Ich lasse mich im Sessel nieder. Er habe gerade *fast* gesagt? Ich sehe Mendel an.

Einen kleinen Moment schaut er mich verwirrt an.

Tulipans Pariser Jahre? Erstunken und erlogen, fast. Erinnere er sich?

Mendel fährt sich mit der rechten Hand über die Wange, lächelt irgendwie versonnen, beinahe traurig.

Tulipans Zeit in Paris gäbe nichts her, sagt Mendel, presse man sie auch aus wie eine Zitrone. Ein ganzes Buch, und sei es auch nur ein schmales, könne das Leben von Benjamin oder besser Ben in der französischen Metropole schon gar nicht füllen.

Tulipan war nicht mal eine neblige Ahnung am Horizont und von *Farbvisionen* konnte überhaupt nicht die Rede sein. Doch war er schon immer, erst recht als junger Kerl, eine schillernde Figur, ein bunter Kasper, einer, der partout nicht erwachsen werden wollte, war Peter Pan von Natur aus. Seine charmante Art, wie er die Leichtigkeit des Seins regelrecht zelebrierte, zog schräge Typen an wie das Licht die Motten. Dazu kam noch, und das war der Punkt auf dem i, dass er dank seines Papas die Taschen voller Geld hatte. So sei es nicht schwer zu erraten, dass seine vielen Freunde alles andere waren, nur keine Freunde. Allerdings war diese Kamarilla nur zum Teil mit daran schuld, dass Paris beinahe Bens letzte Station war. Sein schlimmster Freund sollte der Alkohol sein, der ihn beinahe umbrachte.

Mendel sieht mich an. Seine Augen sind dunkel.

Das wären in wenigen Sätzen seine Pariser Jahre, nicht dieser blanke Unsinn in diesem Buch.

Korbinian hat inzwischen Flaschen, Gläser und einen Aschenbecher gebracht, gibt den Mundschenk, gießt Mendel und mir Wein ein, füllt sein Seidel mit Bier.

Ich hebe mein Glas, heiße Leander Mendel willkommen, lade ihn ein zu rauchen.

Er dankt mit einem angedeuteten Grinsen, das die Falten auf der Stirn glättet und ihn plötzlich um Jahre jünger macht.

Wir trinken. Der Gast lobt den Wein mit Worten, die mir einen Kenner verraten.

Aus einem abgegriffenen Lederetui wählt Mendel eine Zigarre, bewegt sie unter seiner Nase mehrmals hin und her, genießt den Duft des Tabaks mit geschlossenen Augen, spult ein eingeübtes Ritual ab, das Korbinian und ich stumm verfolgen.

Die Zigarre brennt, leichte weißgraue Rauchschwaden schweben durch die Bibliothek. Meine Nase, die das andere Odeur aus Vaters Pfeife kennt, verweigert sich dem ungewohnten Reiz nicht.

Mendel lehnt sich bequem zurück, ist in diesen Augenblicken mit der Welt offensichtlich zufrieden.

In den nächsten Wochen, tut Mendel kund, die Zigarre zwischen den Fingern haltend, würde der neue Roman der Bestsellerautorin Ruth Holzmann erscheinen. Sie habe ihm den Titel *Die sieben Farben des Lichts* gegeben und Tulipan spiele darin die Hauptrolle.

Mendel sieht uns an, dreht mit seiner freien Hand an einem Knopf seiner leichten Jacke, deutet mit der Zigarre auf das Paris-Buch, sagt: Von der Holzmann sei auf keinen Fall ein solcher Schmarrn zu erwarten. Den Titel habe sich die Dame von Hubertus Baaden ausgeliehen, der seinen Eindruck von Tulipans Bildern einmal so kurzfasste.

Ein Kritiker? Der Name sagt mir nichts, gebe ich zu.

Baaden sei Tulipans Galerist, war der Erste, der ihn ausstellte, macht mich Korbinian schlau.

Mendel bläst Rauch in Richtung Zimmerdecke, sagt: Baaden baute mit an der steilen Rampe, auf der Ben als Tulipan in den Kunstolymp schoss und sicherte sich so selbst eine Fußnote in der Kunstgeschichte.

Mir fliegen Hannas eher vage Erzählungen über diesen Ben durch den Kopf.

Tulipan stamme aus dem Taunus, richtig, frage ich nach. Leander Mendel müsste es ja wissen.

Der nimmt die Zigarre aus dem Mund.

Ben komme aus einem feinen Stall, für ihn so was wie ein Trauma, das er nie überwinden konnte. Seine Familie – sein Vater, seine Mutter, die Geliebte des Vaters (offiziell die Hausdame) – bewohnte ein kleines Jugendstilschloss im Wald oberhalb des Dorfes, auf einem Plateau am Hang, von wo die Aussicht nach Frankfurt bis hinüber zum Odenwald weit sei. Der Vater von Ben sei einer der Direktoren einer internationalen Bank in Frankfurt gewesen. Von den Frauen des Schlosses, wozu lange noch eine Großmutter zählte, wäre der Sprössling regelrecht verhätschelt worden. Auch darum hätte Ben alle seine Privilegien wie selbstverständlich genommen. Er sei immer ein Snob gewesen, durch und durch. Dennoch oder auch gerade darum konnte er recht umgänglich sein, ein Charmebolzen, dem, legte er es darauf an, nur schwer zu widerstehen wäre.

Leander Mendel, in der einen Hand die Zigarre, in der anderen das Weinglas, kommt ins Erzählen. Korbinian und ich hören gerne zu.

Ben sei ein Musterbeispiel an Faulheit ohne den geringsten Hauch von Ehrgeiz gewesen, verrät uns Mendel. Das Abitur habe er gerade mal so mit Ach und Krach geschafft. Schon gleich danach verschwand er von der Bildfläche, tauchte erst einmal für ein gutes Jahr in Südfrankreich ab, um, wie später seine verklärende Deutung lautete, sich vom seelischen Schmerz der Schulzeit zu erholen. Um schattenlose Ausreden, die glaubwürdig klangen, um fantasievolle Sprüche war er zu keiner Zeit verlegen.

Ob er dort im südlichen Licht gemalt habe, schiebe ich eine Frage zwischen seine Sätze.

Wie ich denn darauf komme, fragt er zurück.

Ich stelle mir unter Südfrankreich gerne die Gegend von Arles vor.

Weil dort Vincent van Gogh seine Wunder mit dem Pinsel vollbrachte, meinen Sie, ja?

Ich lächle. Genau, aus diesen schwärmerischen Vorstellungen heraus käme meine Frage.

Mendel schmunzelt. Nein, nein, nichts davon. Er genoss nicht mal seine faule Zeit, war sie für ihn doch auch nichts Besonderes. Ben langweilte sich, kehrte zurück ins heimelige Schloss im Taunus. Der Vater beschwatzte ihn, malte ihm den erfolgreichen Banker in den Kopf. So war es nur normal, dass Ben in der Bank anfing, diesen Versuch aber vom ersten Tag an vergeigte, ihn falsch einschätzte, die Realität gar nicht sehen wollte, sich in gehobener Position wähnte. Er machte sich nicht nur in Windeseile zum Narren, sondern zudem im ganzen Haus durch seine Arroganz unbeliebt. Es dauerte dann nicht allzu lange, bis der Schutzengel mit Namen Vater nicht mehr seine Hände über ihn halten konnte. Die Episode als Banker schmückte Ben später mit goldenen Worten, nach denen er sie selbst beendete, als sie ihm keinen Kick mehr versetzte. So was wie die Erkenntnis, er könnte wieder einmal gegen die Wand gelaufen sein, kam ihm gar nicht in den Sinn. Ben hatte schon Wichtigeres im Blick, hatte er doch gerade seine Begabung für die Bühne erkannt. In München meldete er sich an einer privaten Schauspielschule an, allerdings nicht als ein Lernender, nein, mit dem Wahn des kommenden Stars. Wie es nicht anders sein konnte, war es nur eine Frage der Zeit, bis auch der Traum vom Mimen nur noch Geschichte war, er wegen Disziplinlosigkeit von der imaginären Bühne geschubst wurde. Am gleichen Abend stieg er in den Nachtzug nach Paris und die Zeit begann, die dieses obskure Buch dort vorgibt zu schildern. Ben führte ein exzessives Leben, das geradewegs auf den Abgrund zusteuerte.

Mendel schweigt. Er scheint sein Augenmerk allein auf den Rest seiner Zigarre zu richten, bleibt auch stumm und schmallippig, als ich wegen des Malers Tulipan anklopfe. Erst meine direkte Frage, ob Tulipan seine Geliebte umgebracht hat, holt ihn augenblicklich aus seiner scheinbaren Kontemplation.

Ein für alle Mal sei diese Frau aus dem Spiel, sagt er zufrieden, nickt dabei, und das sei auch gut so.

Solche Worte habe ich nicht erwartet. Aus dem Augenwinkel heraus sehe ich Korbinian süffisant grinsen.

Ich insistiere: Herr Mendel, hat er oder hat er nicht? Ja oder nein?

Mendel seufzt tief auf, legt das kümmerliche Überbleibsel der Zigarre in den Aschenbecher, sieht mich an und sagt, er wisse es einfach nicht.

Wer Wind sät

19

Magdalena und ich hatten verabredet, am Vormittag in die Kreisstadt zu fahren, um auf dem Markt frischen Schrobenhausener Spargel zu kaufen.

Ich hole Magdalena vor ihrem malerischen Domizil ab, diesem zauberhaften kleinen Haus, das sie von ihrer verstorbenen Großmutter hat. Sie tritt aus der grünen Tür wie auf eine Bühne und schaut umwerfend aus. Ich stehe neben meinem Wagen am Zaun, strahle sie an, küsse sie dann auf Wangen und Mund. Sie trägt ein buntes Tuch im Haar, eine zitronengelbe Bluse und graue Hose.

Am Markttag findet sich in der beschaulichen Kleinstadt um das Zentrum herum keine Parklücke; freie Stellplätze gibt es nur in der öffentlichen Garage hinter dem neuen Rathaus. Von dort ist es durch den Stadtpark nur ein kleiner Spaziergang hinüber zum Markt.

In meiner rechten Hand halte ich die lebendigen, warmen Finger Magdalenas, in der linken trage ich unseren noch leeren Korb.

Gleich am Anfang der Arkaden hat eine Bürgerinitiative einen Infostand aufgestellt, der nur von einigen wenigen Interessierten umstanden wird. Es geht darum, oben am Hang über der Stadt Bäume zu pflanzen, für die im Stadtsäckel das Geld fehlt. Wir bleiben nur kurz stehen, lassen uns einen bunten Flyer geben.

Dann bummeln wir über den Markt, der immer ein farbenfrohes Bilderbuch für die Augen abgibt. Im Korb sammelt sich nach und nach unser Einkauf: Spargel, Tomaten, Zwiebeln, Käse, Oliven, Wurst und sogar erste Erdbeeren.

Es läutet vom Marienmünster gerade Mittag, als wir das Bistro am Eck ansteuern, in dem wir einen Imbiss zu uns nehmen wollen.

Wir setzen uns an einen runden Tisch am Fenster mit Blick zum alten Brunnen und den Marktständen dahinter. Bei der jungen Bedienung bestellen wir einen Teller mit Tapas und zwei Gläser, für mich nur ein kleines, von dem guten Weißwein aus dem Veneto.

Da wir nicht die einzigen Gäste in dem kleinen Lokal sind, unterhalten wir uns nur leise, die Gesichter nahe beieinander, die Blicke ineinander versunken. Magdalenas betörende Augen. Es kribbelt uns beide.

Etwas später erzählt Magdalena, der Teller ist fast schon leer gefuttert, was sie gehört habe, über zwei Ecken zwar, aber die Quelle sei sicherlich Lore Rebhan. Lancelot sei in manchen unguten Charakterzügen seinem Vater gleich, einem gescheiterten Schauspieler. Seine oft fiese Angeberei, sein geltungssüchtiges Spielen mit versteckten Andeutungen, sein Drang, unbedingt die erste Geige zu spielen, sein hinterhältiges Schleichen, mache den Umgang mit ihm doch ziemlich schwierig.

Ich streichle Magdalena, während ich ihr zuhöre, spontan und versonnen leicht über den nackten Unterarm. Die winzigen Haare stellen sich sofort auf und ganz kurz werden die Augen der schönen Frau schmal und ein feuriger Blitz, der alles verspricht, fährt in meine Augen.

Falls Lore Rebhan tatsächlich dieses Charakterbild ihres Neffen beschrieben haben sollte, warum setze sie ihn dann nicht vor die Tür?

Magdalena lächelt.

Lancelot wird seine Inszenierung, bei der er mir die Hauptrolle zugeteilt hat, bestimmt nicht bis zum Ende durchführen. Ich mache den Ablauf davon abhängig, wie weit er es noch treiben will. Ich bin völlig davon überzeugt, dass er mich in jener Nacht nahe des Turms nicht erkannt hat, sonst würden seine

Spiegelfechtereien viel zielgerichteter ablaufen. Es ist für ihn der Kitzel, der Reiz, gerade mich piesacken zu können. Warum interessieren, verwundern ihn eigentlich meine fehlenden Reaktionen gar nicht? Stachelt ihn das noch mehr an oder ist er doch nur ein dummer Kerl?

Der Teller ist leer, wir verlassen das Bistro, gehen zum Parkhaus und fahren nach Kimmling. Beim Metzger, der seinen Laden auf dem Hof von Franz Tischlinger hat, holen wir unser Fleisch. Der Metzgermeister, der mir zum ersten Mal als Trainer der örtlichen Damenfußballmannschaft ins Auge gefallen ist, steht selbst hinter der Verkaufstheke.

Wir fahren zu mir.

Während Magdalena Spargel und Fleisch zubereitet, decke ich den Tisch im Esszimmer.

Spargel und Fleisch sind wunderbar zart, der gekühlte Chardonnay von meinem Weingut passt geschmacklich ideal dazu. Wir feiern eine Orgie der Gaumenfreude.

Später schenken wir uns einen zauberhaften Ausklang des Tages.

Magdalena kommt angetan nur mit einem hinreißend warmen Leuchten auf dem schönen Gesicht aus dem Bad zurück in den Salon. Ich stehe seitlich des Wintergartens. Sie schmiegt sich an mich.

Es sei einfach zu sinnlich, in meinem Jacuzzi-Bad mit den hohen Spiegeln nackt herumzulaufen, sagt sie mit schelmischem Augenaufschlag.

Leise schwebt gregorianischer Chorgesang durch den Salon. Ich umfasse Magdalena von hinten, presse mein Gesicht für Momente in ihr Haar, hebe meinen Kopf, sehe ihr strahlendes Gesicht in der Scheibe. Ich atme den Duft dieses Abends ein: Magdalenas Süße, den leichten Fliedergeruch, der aus dem Garten kommt, und das unvergleichliche Aroma der Stille.

Alte Freunde

20

Die Sonne lässt an einen schönen Tag glauben, sieht man durch die hohen Fenster des Restaurants in den Garten, aber tatsächlich streicht ein kühler Wind aus Osten über die Höhe. Vorhin standen wir an der Mauer des Hofgartens. Unser Blick ging hinunter zur Amper, über die Dächer von Dachau, nach München, und den heute klar am Horizont stehenden Bergen. Wegen des Windes sind wir trotz der schönen Sicht gerne die Stufen zum Schloss hinaufgestiegen, sitzen im Schloss-Café-Restaurant der ehemaligen Sommerresidenz der Wittelsbacher.

Von unserem Tisch sehen wir über die Terrasse in den tiefer liegenden Hofgarten. Wir sind zu viert: Nathan Kohen, der ehemalige Anwalt aus Israel, Chris Sander, als CEO meine Nachfolgerin bei »Pythagoras«, Magdalena und ich.

Am Vorabend, überraschend, rief mich Nathan an. Er war ein Freund von Rainer Fall gewesen. Daher stammte die Verbindung zu »Pythagoras«. Immer wieder mal war er für uns im Nahen Osten als Anwalt tätig, verfügte er doch über sehr gute Beziehungen nach Ägypten und in den Libanon. Zum letzten Mal hatten wir uns aus dem bitteren Anlass von Rainer Falls Trauerfeier gesehen.

Nathan Kohen war in Berlin als inoffizieller Gesandter seiner Regierung. Am nächsten Morgen fliege er nach München, habe auch vor, die Gedenkstätte in Dachau zu besuchen, ob wir uns mittags sehen könnten, bevor er am frühen Abend weiter nach Washington D.C. fliege? Er hätte nichts dagegen, würde ich Chris Sander mitbringen, lachte, da er wusste, dass ich seine Bitte richtig verstand, wäre es doch eine clevere Möglichkeit, die Dame persönlich kennenzulernen.

Jetzt im Café erzählt er von Berlin, witzig und charmant. Er ist ein begnadeter Redner und Unterhalter. Mir fällt auf, wie sehr er darauf achtet, nicht explizit Chris Sander allein anzusprechen.

Er sprüht geradezu vor guter Laune. Auch kritische Bemerkungen verlieren einiges von ihrer Spitze. So habe ich ihn lange nicht erlebt.

Mit seiner Erfahrung, sagt er, dem Wissen so vieler Jahre, muss er sich ziemlich oft streng verwarnen, nicht das, was er sieht, in Zynismus hinübergleiten zu lassen. In Berlin sei ihm, nicht zum ersten Mal, der Gedanke gekommen, das Parlament – ob in der Bundeshauptstadt oder auch in Israel – einfach über Nacht nach Hause zu schicken. Niemand würde es merken und es sei nicht mal bedauerlich. Offenbar legten die Menschen keinen gesteigerten Wert mehr auf ihre Vertreter in den Parlamenten, wie auch umgekehrt. Suche man nach den Ursachen, gehe es schnell in der Hauptsache um Moral.

Moral. Das ist nun unser Thema am Tisch. Und Kohen, der erfolgreiche Anwalt, lenkt mit leichter Hand die Diskussion.

Nathan war viele Jahre mit Lara, einer in Israel bekannten Psychoanalytikerin, verheiratet. Das Paar war in ihrem Land populär. Es verging wohl keine Woche, in der nicht einer von ihnen oder auch beide im Fernsehen oder in der Presse auftauchten. War man bei ihnen privat zu Besuch, kam man, hatte man das Glück, in den Genuss eines Hauskonzertes. Lara spielte Klavier, Nathan Geige, die Schwiegertochter Cello, der Sohn Gitarre. Solche Abende im Haus auf einem der Hügel Jerusalems blieben dem Gast unvergesslich. Als Lara unverhofft starb, zog sich Nathan aus dem Beruf versuchsweise, aus dem öffentlichen Leben ganz zurück. Als Privatmann, nur noch für wenige Freunde überhaupt erreichbar, lebte er ab da im steten Kampf gegen die Leere in seinem Leben.

Auch daher kam sein Anruf für mich so überraschend. Nathan hat offensichtlich den Kopf wieder ins Leben gestreckt.

Und, nicht zu übersehen, er hat auch wieder Augen für eine Frau: Chris Sander. Sie lässt sich von ihm zum Abschied auf beide Wangen küssen.

Er nimmt mein Angebot an, ihn zum Flughafen zu fahren.

Magdalena und Chris Sander fahren nach Kimmling. Chris wird das Wochenende in meinem Haus verbringen. Wir haben strategische Weichenstellungen für »Pythagoras« zu besprechen. Sie hat mich darum gebeten und ich habe mich nicht lange bitten lassen. Immerhin habe ich ja noch meinen Beratervertrag und bin ein nicht gerade kleiner Anteilseigner.

Im Terminal, kurz bevor wir uns die Hände zum Abschied drücken, packe ich den Stier bei den Hörnern, bitte Nathan, mir den Kontakt zu Pinkas Glauser in Zürich herzustellen.

Pinkas Glauser? In Deutschland kennen ihn nur Eingeweihte. Glauser ist die graue Eminenz der Schweizer Jurisprudenz, war Strafverteidiger und ehemals Bundesrat, ist in der Eidgenossenschaft kein öffentlich bekannter, aber ein hochgeachteter Mann. Falls überhaupt Hilfe, zumindest Unterstützung, für Paul Tulipan möglich ist, dann von Seiten Pinkas Glausers.

Begleitet von einem kurzen Augenzwinkern sagt Nathan Kohen, Pinkas werde sich bei mir melden.

Er geht auf die Glastür des Abflugbereichs zu, schaut noch mal zurück, hebt seine Hand zum Gruß.

Geheimnisse, Elogen und Eitelkeiten

21

Wir bummeln durch die Theatinerstraße in München, haben nur noch ein paar Schritte bis zum Marienhof, bleiben nahe einem Schaufenster stehen, berühren kurz unsere Lippen und sehen uns in die Augen, bevor wir getrennte Wege gehen. Magdalena wird auf dem Marienplatz beim Fischbrunnen eine ehemalige Kollegin treffen.

Ich statte dem Galeristen einen Besuch ab; Korbinian hat den Termin über Leander Mendel eingefädelt. Später, zur vereinbarten Zeit, werden wir wieder zusammenkommen, zu einem späten Frühstück drüben im Dallmayr.

Am Abend zuvor sahen und hörten wir im Nationaltheater Mozarts *Don Giovanni,* wahrhaft ein purer Genuss für die Sinne. Dafür war ich sogar bereit, mir dieses falsche Schulterklopfen, zum Glück meist nur verbal, mit dem ich tatsächlich noch immer belästigt werde, wieder mal gefallen zu lassen.

Nach der Oper hatte ich einen Tisch in einem winzigen Lokal reserviert, das in einer schmalen Gasse versteckt lag, und in dem eine Köchin die Geschmacksnerven zu entzücken verstand. Ihr Partner war ein Sommelier, der die Köstlichkeiten auf dem Teller mit den passenden Weinen krönte. Ich hoffe, vor allem für uns, dass dieser Tipp des Hotelportiers noch eine ganze Weile nur einem kleinen Kreis bekannt bleibt.

Magdalena und ich hatten einen vollendet schönen Tag verbracht. Noch gar nicht müde schlenderten wir hinüber zum »Bayerischen Hof«, um dort die Nacht in meiner Suite zu verbringen. In diesen Räumen hatte ich zu meiner Zeit als CEO von »Pythagoras« ausgewählte Kunden untergebracht.

Noch vor dem Frühstück schwammen wir einige Bahnen, legten uns für eine Weile auf zwei Liegen, ließen unsere Blicke über die Dächer der Stadt wandern, wenn sich auch die Aussicht von einem verschwommenen Grau getrübt zeigte. Wir hatten Zeit, denn der Termin mit Hubertus Baaden, dem Galeristen von Paul Tulipan, war erst für halb elf vereinbart.

Jetzt stehe ich da, sehe Magdalena nach, ein Mann kommt mir entgegen, macht ungläubige Augen, wie um mir zu sagen: Was soll denn dieses blöde Im-Weg-Herumstehen? Bin offenbar doch einen Schritt zu weit vorgetreten und komme so tatsächlich etlichen Passanten in die Quere. Ich gehe etwas zur Seite und lasse meine Gedanken zu Julia Reimann springen, der Frau, die Tulipan zum Schicksal wurde, so wie er vermutlich auch ihr.

Ich habe mir die Homepage dieser Journalistin angesehen, die recht extravagant gestaltet, inhaltlich jedoch eine Aneinanderreihung von Eitelkeiten ist. Schon auf der Startseite ist ihr Foto der Blickfang: Eine schöne Frau, gewiss, mit einem um einen Hauch zu strengen Zug um den Mund. Reimann hat zwei Romane geschrieben, die in einem österreichischen Verlag erschienen sind. Eine zentrale Seite ist Ausschnitten aus Kritiken und Kommentaren zu ihrem Feature, wie sie den Essay über Paul Tulipan im *Stern* nennt, vorbehalten.

Ich erinnere mich nur sehr schwach, da ich zu der Zeit wenig Muße hatte, mich mit Kulturthemen zu befassen, an diese Veröffentlichung, die offenbar für kurze Zeit ganz erheblich für Furore sorgte und die Schreiberin in der Szene bekannt, sogar berüchtigt machte. Da ich wissen wollte, was es mit diesem sogenannten Feature tatsächlich auf sich hatte, klickte ich es über den Link zum *Stern*-Archiv an und las.

Schnell, schon nach dem ersten Absatz, wird dem Leser, ohne über den berühmten Maler allzu viel zu wissen, bewusst, dass die Autorin alles andere, nur nicht objektiv argumentiert. Entschieden ist sie keine Verehrerin von Tulipan. *Großer Künstler oder genialer Gaukler?* So überschreibt Reimann ihren Text, der wirklich keine Hommage ist, viel eher alle Töne einer kalten Abrechnung enthält.

Nach dem ersten Lesen sah ich mir die Schlüsselsätze an. Wo ringt Tulipan mit seinen Visionen? Er malt mal hier, malt mal dort, es findet sich kein bestimmter Ort, geschweige denn ein

Atelier. Tulipan scheint ein Maler ohne festen Wohnsitz zu sein. Die Autorin hat seinen Aufenthalten nachgeforscht und dabei drei Örtlichkeiten ausfindig gemacht, wo er ziemlich regelmäßig Zeit verbringt. Da ist zunächst einmal ein kleines Weingut in den malerischen Hügeln der Toskana, wo Tulipan jedes Jahr einige Wochen, wohl fest eingeplant, verbringt. Niemand hat ihn dort je malen sehen, nicht einmal eine flüchtige Skizze; er macht ganz einfach nur Urlaub. Und er ist mehrmals im Jahr Gast einer mondänen Galerie in Paris, steht reichen Kunstfreunden Rede und Antwort, spielt seinen eigenen Impresario. Er wohnt gleich in der Nachbarschaft, in einer großen Wohnung, die ihm gehört, was allerdings nicht gesichert ist. Ob er dort seiner Profession nachgeht, ist ebenfalls unklar. Allerdings weist auch nichts darauf hin und Zeugen seiner Arbeit sind nicht zu finden. Der dritte Punkt ist San Francisco, wo er inkognito in einem im Park versteckten stillen Hotel wohnt, in dem er ein Apartment besitzt. Auch hier finden sich keine Hinweise, dass er vor der Staffelei steht, um an einem neuen Werk zu arbeiten, das auf dem internationalen Kunstmarkt unglaubliche Preise erzielen wird. Ein einziges Rätsel also, wo und wann der größte Maler der Gegenwart seine Kunst produziert …

Mir hat dieses sogenannte Feature von Reimann wenig gefallen, mich auch dadurch gestört, weil die Autorin nicht zwischen dem Menschen und dem Künstler unterscheidet. Sie hat nichts für den Maler übrig, aber auch nichts für den Mann.

Ich habe weder ein treffendes Bild von Tulipan noch von Reimann, meine mir dennoch die Frage stellen zu können, wie es bei solch ungleichen Menschen überhaupt zu dieser Liaison hatte kommen können, die dann so tragisch endete? Was war da zwischen den beiden gelaufen?

Vor der Galerie angekommen, bleibe ich vor dem Schaufenster stehen. Wie oft schon bin ich an der zumindest von außen eher unscheinbaren Galerie vorbeigegangen, ohne sie überhaupt richtig wahrgenommen zu haben? Dabei ist sie doch eine der besten Adressen des Kunstmarktes, und zwar nicht allein für München, nein, international. Der Grund dafür ist Paul Tulipan.

Was habe ich über Hubertus Baaden, den Galeristen, in Erfahrung gebracht? Das Wenige habe ich von Leander Mendel, der fast auffällig den Mund hielt und auch was er sagte, klang eher verschwommen. Was war da zwischen Galerist und Restaurator? Wie gut kannten sie sich überhaupt? Alles, was mit Tulipan zu tun hat, scheint für mich irgendwie von einem giftigen Nebel umwabert, der für mich noch bei Weitem zu dicht ist.

Was kommt mir denn offenbar stimmig vor? In der Maxvorstadt führte Hubertus Baaden eine kleine, unbedeutende Galerie. Dann war Tulipan da, erschien wie aus dem Nichts, stieg quasi über Nacht in die erste Liga auf. Mit ihm Baaden und seine Galerie. Baaden war so klug, in München zu bleiben, nicht der Versuchung zu erliegen, nach Paris, London oder sogar nach New York zu gehen.

Der Vorraum der Galerie ist schmal, hell, strahlt eine elegante Leichtigkeit aus. Außer einem Gemälde (nicht von Tulipan) an der weißen Wand und einer kleinen Bronzefigur auf einem steinernen Sockel findet sich kein weiterer Hinweis, dass der Eintretende sich in einer Kunstgalerie befindet. Hinter einem halbrunden Schreibtisch aus hellem Holz erhebt sich eine gepflegte blonde Dame mittleren Alters. Wir wetteifern mit unserem Lächeln zur Begrüßung. Natürlich weiß sie, wer da gerade hereingekommen ist, heißt mich mit meinem Namen willkommen, bietet an, mich in den ersten Ausstellungsraum zu begleiten, wo Herr Baaden am Katalog eines russischen Künstlers arbeite.

Auch ohne diesen Hinweis hätte ich in dem quadratischen Raum, dessen Helligkeit von geschickt platzierten Oberlichtern herrührt, sogleich die russischen Einflüsse, für mich eine stilistische Verschmelzung aus Marc Chagall und Ikonenmalerei, in den Bildern erkannt.

Hubertus Baaden ist ein schmächtiger Mann, der an einem tragbaren Pult steht und bei unserem Eintreten sofort sein Schreiben unterbricht. Er schraubt den Füllfederhalter zu und kommt mir entgegen. Er hat ein rundes Gesicht, das Gesicht eines älteren Kindes, eine dunkelgraue Künstlermähne, trägt ein weinrotes Halstuch im gleichfarbigen Hemd zu schwarzen Hosen. Mit zwei Fingern pflückt er eine Brille von der Nase, lässt sie an goldener Kette auf seine Brust fallen, blinzelt mich mit seinen hellen Augen an.

Baaden hat einen festen Händedruck.

Mit sonorer Stimme versichert er mir, er freue sich, mich persönlich kennenzulernen.

Ich danke ihm für seine freundliche, wohlwollende Bereitschaft, mit mir über Paul Tulipan zu sprechen.

Das feine Lächeln des Galeristen bestätigt sein Wissen um diese Großzügigkeit. Er bietet mir ein Glas Prosecco an. Ich lächle ihm meine Ablehnung zu, er schickt seiner Mitarbeiterin einen schnellen Blick, die sich daraufhin zurückzieht. Er zeigt zu einer hellen Sitzecke im Hintergrund.

Nein, wir könnten gerne hier stehen bleiben, sage ich, wenn er nichts dagegen habe. Er nickt mit feinem Lächeln.

Gleichsam als Prolog erzähle ich Baaden von Tulipans Gemälde *Blasse Sonne.*

Wieder nimmt er die Brille, die er gerade erst zurück auf den Nasenrücken befördert hat, ab.

An das von mir angesprochene Gemälde erinnere er sich gut, sagt er. Wie in einem Katalog seien alle Werke Tulipans in seinem Kopf gesammelt und gespeichert. Die *Blasse Sonne* hing in der Tulipan-Ausstellung von 1996.

Mit dem Mann ist leicht ins Gespräch zu kommen. Nein, er ist ganz gewiss kein Schwätzer, ist geschickt kommunikativ, ein guter Verkäufer eben. Wird er auch offen sprechen, wenn ich auf den Grund meines Besuchs, nämlich auf Julia Reimann, komme?

Was mir an ihm nicht gefällt, ist sein nervöses Getue mit seiner Brille, dieser Tick mit dem ständigen Auf und Ab.

Ich bedauere Baaden gegenüber die sicher scheußliche Situation, in der sich Tulipan befinde, stelle sie mir richtig zuwider vor für solch einen begnadeten und sensiblen Menschen.

Baaden verzieht sein Gesicht. Das sei für ihn eine dieser unschönen Perioden, mit denen das Leben mitunter seine Kinder so gerne überrasche.

Diese Worte klingen mir sehr vage, wenig mitfühlend, ja beinahe schon kalt gegenüber einem Künstler, dem Baaden so gut wie ausschließlich seine Kunsthändlerkarriere verdankt.

Offenbar ist er ein guter Menschenkenner, ahnt wohl meine Gedanken, denn mit einem Mal haben seine Augen einen verklärten, träumerischen Ausdruck, wandert sein Blick von mir weg hinauf zur Decke, seine zappligen Finger verharren am Bügel der Brille.

Zunächst zögernd, dann flüssig sprudelt eine Eloge auf Paul Tulipan aus seinem Mund.

Tulipan, der Zauberer, Tulipan, der Erfinder neuer Farben, regelrechte Feiertage seien das gewesen, wenn er, Baaden, die neuen Werke zum ersten Mal bestaunen durfte. Seine Gefühle wurden dann jedes Mal so aufgeheizt, dass es Tage brauchte, bis er sich zu beruhigen vermochte.

Ich lasse den Schwall der Worte über mich ergehen, höre mir die Hymne auf sein bestes Pferd im Stall an, verrät er mir doch so beiläufig viel neues Wissen über den berühmten Maler, redet er auch wortreich am Kern meines Interesses vorbei.

Sobald Baadens Redefluss doch langsam zu verebben scheint, nachdem er sich mit seiner Begeisterung an den Rand der Atemlosigkeit gebracht hat, sich mit einem unsichtbaren Lasso einfängt, nutze ich einen Augenblick des Lippenstillstandes, um ihm den Namen Reimann als Hindernis in den Weg zu stellen, dazu die zentrale Frage im *Stern*-Artikel, wann und wo denn Tulipan mit dem Pinsel zugange sei.

Baaden gluckst ein warmes, ein sympathisches Lachen. Ist er froh, von mir unterbrochen worden zu sein? Das sei ein Geheimnis allein von Tulipan. Auch er könne darüber keine Auskunft geben, weil er es nicht wisse. Eine gute Portion Mysterium gehöre unbedingt zu einem großen Künstler, nicht wahr? Ein geheimnisvolles, rätselhaftes Image sei zudem hilfreich für das Geschäft.

Da Baaden den Namen Reimann einfach so überhört hat, bohre ich explizit nach, will wissen, ob er, Baaden, die Journalistin gekannt habe?

Wie erschrocken, so als sei meine Frage erst jetzt an sein Ohr und weiter ins Bewusstsein gedrungen, lässt er die Brille auf seine Brust fallen.

Tulipan und Reimann! Es ist beinahe ein Aufschrei, bei dem er zusätzlich theatralisch die Hände vor der Brust ringt. Er schaut mich an und in seinen Augen sehe ich keine Verbindlichkeit mehr, sondern Ärger, ja sogar Spuren von Zorn.

Das sei einer der erstaunlichsten Purzelbäume, die ihm je vor die Augen gekommen wären. Ein unerhörtes Rätsel sei das, wie das so Unerklärliche abgelaufen sei zwischen den beiden. Vorher waren sie wie Hund und Katz. Die Reimann sei in Bezug auf Tulipan richtiggehend krank, regelrecht manisch gewesen, nannte Tulipan einen Popanz, einen Schauspieler von Gottes Gnaden, dieser Mann sei nicht der Künstler, der diese wunderbaren Gemälde auf die Leinwand zaubere.

Das habe sie tatsächlich so geäußert, gebe ich mich skeptisch. Was hatte sie an Indizien dazu in der Hand?

Baaden wiegt mit dem Kopf. Was sollte das denn sein, was noch nicht mal er, Baaden, wusste? Sie habe sich auch nicht schriftlich darüber ausgelassen. Das traute sie sich nicht, hätte zu leicht eine Klage riskiert. Doch sie scheute sich nicht, ihre Meinung laut und deutlich kundzutun. Auch hier in der Galerie, unmittelbar vor Tulipans Vernissage, die seine letzte bis heute sein sollte, was natürlich damals niemand auch nur ahnte. Reimann gab sich exaltiert, machte alles ungeheuer wichtig, was sie von sich gab. So hatte er sie zwei Mal erlebt.

Zeugen störten sie nicht?

Da seien nur zwei in der Nähe gewesen, nämlich er selbst und der Fotograf in ihrem Schlepptau, ein Mann, den sie auf Dienstbotengröße geschrumpft hatte, der ihr aus der Hand fraß, ohne sich zu schämen.

Fotograf? Kann es wirklich möglich sein, dass er von meinem aufdringlichen jungen Freund spricht …?

Kennen Sie diesen Fotografen, Herr Baaden?

Ja, sie hätten einmal für einen Katalog zusammengearbeitet.

Dann wäre ihm also der Name geläufig?

Gewiss. Herkommer.

Lancelot Herkommer?

Seine Augen sehen mich verwundert an. Sie kennen ihn auch, Herr Doktor Petermann?

Nur flüchtig, Herr Baaden. Ein schnelles Lächeln. Er solle entschuldigen, dass ich ihn unterbrach.

Er hebt seine Hand, führt sie zur Brust, befördert seine Brille zurück auf die Nase.

Er erinnere sich gut. In dieser Stunde vor Beginn der Vernissage befand sich die Dame ziemlich neben der Spur. Könnte auch sein, dass ein Freund Tulipans, der dazugestoßen war, den Provokateur gegeben hatte, um die Reimann so in Rage zu bringen. Sie geiferte richtiggehend, bezeichnete Tulipan als eine Kunstfigur, allein mit der Absicht erschaffen, um dem Kunstmarkt ein Gesicht zu bieten. Wer war es denn, der diesen Kult in die Welt setzte, rief sie hysterisch, der Tulipan zu diesem Jahrhundertmaler hochjubelte? Wer sei denn dieser unbedeutende Kunstprofessor, der so laut das Hohelied auf Tulipan sang? Und dann dieser Name! Ein Pseudonym für einen Maler! Was sollte denn so was? Genau so aber sei diese leere

Hülle aufgeblasen worden. Sie rieche es immer, stinke etwas zum Himmel.

Es ist ein schiefes Grinsen, mit dem er mich ansieht. So ungefähr habe er Reimanns Auftritt in Erinnerung.

Und wodurch, frage ich, habe sich die Journalistin wieder beruhigt?

Die Luft sei in dem Moment raus gewesen, als Tulipan zu der Gruppe stieß. Natürlich, wie nicht anders zu erwarten, stürmte sie gleich auf ihn los. Niemand konnte übersehen, dass Tulipan angetrunken war. Dennoch wickelte er sie umgehend mit seinem unwiderstehlichen Charme um den Finger. Und dann besiegte er sie mit einem Clou, machte sie für diesen Abend mundtot, indem er sie einlud, ihm Modell zu sitzen, natürlich nackt, da sie ja eine Schönheit sei.

Baaden kichert, hält dabei sogar eine Hand vor den Mund.

War das der Anfang ihrer Liaison?

Ja, leider.

Warum leider?

Weil diese Einladung vor allem den Anfang von Tulipans Ende als Maler bedeutete. Doch das sei eine ganz andere Geschichte, in der diese Dame die Hauptrolle übernommen hätte.

Der Galerist hält seine Brille mit beiden Händen, schaut sie wortlos an.

Hat Tulipan Julia Reimann ermordet, Herr Baaden?

Er sieht mich mit traurigen Augen an. Er könne nichts dazu sagen, denn er verstehe einfach nicht, was da überhaupt vorgegangen sei. Wie er höre, spreche jedoch alles gegen Tulipan. Für ihn erschütternd, ganz schlimm.

Er setzt seine Brille auf, schaut mich an. Ob ich die letzten beiden Werke von Paul Tulipan sehen wolle?

Zu gerne, danke.

Baaden geht mir voraus in den nächsten Raum.

Die beiden Gemälde lehnen auf zwei nebeneinanderstehenden Staffeleien.

Wunderbar, verblüffend, verwirrend. Der Maler auf der Höhe seiner Kunst. Immer noch, während ich in meiner Bibliothek in mein rotes Buch schreibe, habe ich die beiden Bilder genau vor Augen.

Sie seien an das Guggenheim-Museum in New York und an den Louvre verkauft, sagt Baaden.

Wer anderen eine Grube gräbt

22

Seit Tagen durchstreife ich auf der Suche nach Lancelot die Gegend. Hin und wieder steige ich auch auf mein Rad und fahre herum. Zu Gesicht bekommen habe ich ihn nicht; er wird wohl mit seiner Kamera irgendwo in der Welt unterwegs sein.

Neulich abends habe ich mir Lancelots Webseite angesehen. Fazit: Gut gemacht, wird ihn eine Stange Geld gekostet haben. Sehr interessant, für den Besucher zeitaufwendig, ist seine Fotogalerie. Sie ist nach Themen gegliedert, präsentiert seine gesamte Bandbreite als Fotograf. Allerdings habe ich auf seiner Seite nichts gefunden, was ich noch nicht über meinen Störenfried gewusst hätte.

Ich dachte an jenem Abend meiner Recherchen, heute oder morgen oder übermorgen werden sich unsere Wege wieder kreuzen, auf Dauer macht er sich nicht unsichtbar. So wie ich ihn, so sucht er auch mich.

Nun heute früh seine deutliche Rückmeldung: In meinem Briefkasten liegt ein blauer Karton in Form und Größe einer

Visitenkarte. Als ich vom Bäcker komme, finde ich ihn mitten auf dem ansonsten leeren Blechboden des Kastens. Schon der erste Blick verrät mir, von wem er kommt. Mit der Karte in der Hand sehe ich mich um. Ist er womöglich noch in der Nähe, sieht mir zu, wie ich mit seinem blauen Zeichen umgehe, es nicht sogar einfach sofort zerreiße? Soll ich dem imaginären Zuschauer etwas vorspielen, mir vielleicht verdutzt die Augen reiben oder ähnliche Mimikry?

Betont nachlässig lasse ich den Karton in meine Hosentasche rutschen, schließe das Tor.

In der Maschine blubbert mein Kaffee. Erst jetzt sehe ich mir genau an, was Lancelot mir hat zukommen lassen. LH in Versalien steht oben im linken Eck, geschrieben mit schwarzem Filzstift. In die Kartenmitte hat er einen IBAN-Code platziert, unübersehbar. Wenn das kein Wink mit dem Zaunpfahl ist! Auf jeden Fall ist es ein starkes Stück.

Zum Frühstück und meinem ersten Blick in die Zeitung verbanne ich den ungezogenen Lancelot aus meinen Gedanken.

Nachher sehe ich mir die Aufzeichnungen der beiden Kameras vom Tor an. Lancelot hat mich wirklich abgepasst, denn kaum war ich auf meinem Fahrrad aus dem Bild, erschien er und ließ seine Nachricht in den Briefkasten fallen. Danach schaute er eine ganze Weile die Auffahrt hinauf. Die Kameras sind unsichtbar platziert, also war es ein Zufall, dass er seine Grimassen wie zielgerichtet in die Linse schnitt. Plötzlich sah er sich um und verschwand. Was ihn da störte, ist nicht aufgezeichnet.

Ich gehe hinaus auf die Terrasse, lasse meine Blicke über die Rosenrabatten, den Garten und hinunter zum See wandern. Obwohl die Sonne scheint, ist es recht frisch. Ich höre Martha im oberen Stockwerk durch ein offenes Fenster leise singen.

Nun erst lasse ich Lancelot wieder in meinen Kopf, denn gerade hat sich eine Idee gemeldet, die unmittelbar mit ihm zu tun hat. Lancelot ist ein zwanghafter Jogger, der erst später am Abend läuft; ich könnte es unter Umständen bezeugen. Nun die Idee, eigentlich eine Frage: Ist er womöglich auch zeitig am Morgen unterwegs? Noch auf der Terrasse beschließe ich, mich demnächst schon in der Früh als Späher aufzumachen, um wie weiland Winnetou diesem unguten Plagegeist nachzuschleichen.

(Beim Schreiben des letzten Satzes in mein rotes Buch fällt mir auf, dass sich der Sprachschatz Karl Mays, den ich ja seit einiger Zeit ab und zu gerne lese, sachte, quasi schleichend in meinem Vokabular einnistet.)

Nur zwei Tage später, rein zufällig, sehe ich von meinem Schlafzimmerfenster aus Lancelot die kleine Straße zum See hinunterlaufen. Meine Vermutung scheint also womöglich zu stimmen. Läuft er die Uferpromenade entlang? Ich gehe hinunter, ganz nach hinten in meinem Garten und inspiziere die dichte Buchenhecke. Sie hat den Zaun so gut wie unsichtbar gemacht, hat ihn sich einfach einverleibt. Korbinian möchte diese grüne Mauer zu gerne radikal beschneiden. Ich habe mein Veto eingelegt, bildet sie doch einen natürlichen Abschluss meines Grundstückes, einen gewachsenen Wall gegen den nahen Wald.

Langsam schreite ich die Hecke ab, halte Ausschau nach lockerer gewachsenen Stellen. Tatsächlich entdecke ich eine, dränge mich in das Grün und stehe gleich vor einer Drahttür, die sich mit einem leisen Quietschen öffnen lässt. Von diesem Zugang in meinen Garten habe ich nichts gewusst. Noch an diesem Nachmittag leihe ich mir von Korbinian ein Vorhängeschloss und bringe es an der Tür an.

Vom Zaun zu den ersten Bäumen sind es nur zwei, drei Schritte. Der Wald bedeckt den recht steilen Hang der Halbinsel. Vorsichtig steige ich zwischen den Bäumen abwärts, erreiche unten ein nicht allzu dichtes Unterholz, das in ein Dickicht übergeht, hinter dem der Uferweg verläuft. Vor mir liegt der See, schräg von mir weg führt der verlassene Holzsteg hinaus, den Wanderer gerne für eine Schwimmpause nutzen.

Am nächsten Morgen steige ich zu einer Zeit, die ich hoffe, richtig kalkuliert zu haben, durch den Wald den Hang hinunter, bleibe im Dickicht stehen, um erst einmal zu prüfen, was es in meinem Sichtfeld überhaupt zu sehen gibt. Leichte Nebelbänke schweben über dem See. Noch bevor ich das Fernglas aus meiner Umhängetasche nehme, entdecke ich Lancelot. Er zieht sich gerade aus dem Wasser auf den Holzsteg hoch, zeigt mir dann den Rücken, während er sich abtrocknet, wendet sich der Sonne zu, die über dem Nebel für wärmende Strahlen und ein besonderes Licht sorgt. Ich nutze die Augenblicke, um auf den Weg zu treten und auf den Holzsteg zuzugehen. Ich denke nicht daran, der Begegnung auszuweichen.

Es zeugt gewiss für einen starken Willen, für eine Portion Starrsinn schon, bei diesen noch recht kühlen Temperaturen in der Luft und vor allem im Wasser, zu schwimmen und offenbar sogar Spaß daran zu haben.

Lancelot kommt den Steg entlang, feuchte Haare, das zusammengefaltete Handtuch unter dem Arm, und ich erwarte ihn. Er zeigt mir ein infames Grinsen, als er mich erkennt. Ich schicke ihm ein helles, ein aufmunterndes Lächeln entgegen.

Noch sind wir ein paar Schritte auseinander, da will er schon wissen, ob ich seine Post erhalten habe.

Ich lege meine Stirn in Falten, so als mokiere ich mich über diese Nebensächlichkeit.

Wir stehen uns schräg zueinander gegenüber, sehen uns nicht an, blicken in verschiedene Richtungen, ich auf den See hinaus, er den Panoramaweg entlang.

Lancelot hebt seine Hand.

Greife mich ja nicht an, denke ich.

Müsse er mich wieder an die Szene am Turm erinnern?

Allmählich wird er doch zu frech, der Junge!

Ohne ein Wort gehe ich, sehe gerade noch, wie er scheinbar unmotiviert mit den Fingern schnippt.

Er ruhe nicht in Frieden

23

Vom Parkplatz in Possenhofen spazieren wir, Magdalena und ich, auf dem schattigen Uferweg am Starnberger See entlang zur Feldafinger Bucht.

Wir unterhalten uns, es wird mehr und mehr zu einer Diskussion, über ein völlig neuartiges Analyseprogramm, das bei »Pythagoras« entwickelt wurde und demnächst auf dem Markt eingeführt werden soll. Chris Sander hat mir den aktuellen Entwurf der PR-Texte zukommen lassen und mich um meine Meinung gebeten. Ich habe die Unterlagen an Magdalena weitergegeben, nachdem ich sie studiert hatte. Als ehemalige Programmiererin und Analytikerin ist mir ihre Beurteilung wichtig. Sie hat die Konzepte nicht nur gelesen, sondern sich auch bemerkenswerte Gedanken dazu gemacht.

Darüber sprechen wir, haben kaum Augen für die schönen Ausblicke zum Wasser hin. Wir haben uns so im Thema verästelt, natürlich längst nicht alle Punkte angesprochen, schon kommen wir am Glockensteg an, müssen dort nur eine kleine Weile auf das Fährboot warten, das mit wenigen Passagieren gerade von der Roseninsel herüberkommt.

Mit uns setzen sich schätzungsweise zehn Menschen auf die Bänke rechts und links des überdachten Bootes. Der Fährmann führt das Boot von der hinteren Bank aus. Auf der nur einige

Minuten dauernden Überfahrt erzählt uns der alte Mann mit kurzen Sätzen das Wissenswerteste über das kleine Eiland. Volle Aufmerksamkeit bekommt er alleine bei der Nennung der Namen König Ludwig II und Kaiserin Elisabeth von Österreich, die berühmte Sissi.

Eine Männerstimme murmelt laut genug, damit es alle verstehen können, Sissi sei das Pseudonym von Romy Schneider gewesen. Er löst damit allseitige Heiterkeit aus, die noch beim Anlanden in der Luft schwebt.

Die Roseninsel ist ja wahrlich nicht groß, dennoch verlaufen sich die Besucher schnell. Die Mehrzahl strebt dem nahen, eher kleinen Schloss zu, das mehr einer verspielten Villa gleicht und Casino genannt wird.

Hand in Hand bummeln wir den Rundweg entlang, bleiben immer wieder stehen, schauen auf den See hinaus und zu den Bergen vor dem Horizont.

Magdalena spürt, dass in mir etwas vorgeht, ich mit meinen Gedanken weit weg bin; im Internat vor etwa fünfzig Jahren.

Immer stärker überlagern alte Bilder die aktuellen, Reminiszenzen wabern mir durch den Kopf, steigen unaufhaltsam in mein Bewusstsein hoch. Mir wird leicht schwindlig.

Wir setzen uns in eine gewachsene Laube auf einer sanften Erhebung über dem Rosengarten, vor uns die gläserne Säule und das Casino.

Ich schließe meine Augen.

Der undurchsichtige Schleier vor meinen Augen ist weggezogen. Ich habe mich daran erinnert, woher ich Lancelots Fingerschnippen kenne. Unser Lateinlehrer im Internat, Doktor Stegemann, schnippte einem Schüler, der keine Antwort zu geben vermochte, auf diese Art seine Verachtung entgegen.

Die Bilder von damals verdichten sich, verknüpfen sich zu Sequenzen. Ich überlasse mich dem Ablauf des alten Films.

Jede Nacht, schon seit einer Woche, quälte ihn dieser Traum. Ein Schrei, seine eigene Stimme, weckte ihn auf, jedes Mal. Nass geschwitzt lag er schwer atmend in seinem zerwühlten Bett. Damit er wieder einschlafen konnte, musste er, nachdem er den Schlafanzug gewechselt hatte, noch eine Weile am Fenster stehen und in den dunklen Park schauen, bis sich seine Erregung gelegt hatte.

Was war das für ein Traum?

Der kleine, rundliche Mann, der sonst so unsportlich wirkte, rannte nackt und kichernd auf der winzigen Insel einem Jungen hinterher, der ebenfalls nackt war. Nach einigem Hin und Her durch das hohe Gras ließ sich das Kind fangen. Die streichelnden, gierigen Hände des lüsternen Mannes waren für den Jungen offenbar nicht abstoßend, schienen eher sogar willkommen, denn auch er begann seinerseits, den anderen zu streicheln. Auf einmal küsste der Ältere den Jüngeren und gleich darauf sanken sie gemeinsam ins Gras. Erst jetzt war das Gesicht des Jungen deutlich zu erkennen. Kai! Immer an dieser Stelle weckte ihn sein eigener Schrei.

Oben im Turmzimmer, ihrem geheimen Refugium, hatte Kai ihm flüsternd, fast unhörbar, mit abgewandtem Gesicht gebeichtet. Schon seit einiger Zeit stellte ihm der Lateinlehrer nach. Lockte ihn auf die Insel. Was er dort von ihm wollte, mit ihm machte, fand er ebenso abstoßend wie anziehend, Kai brachte nicht über die Lippen, was genau drüben auf der Insel passierte.

Er konnte einfach nicht übersehen, wie Kai litt, er es nicht fertigbrachte, nicht wagte, sich gegen den Lehrer zu wehren.

Seit diesem Geständnis musste er sich mit Macht auf den Lateinunterricht konzentrieren. Dennoch ertappte er sich dabei, wie er den Mann anstarrte, dem dieses Doppelleben wirklich nicht ins Gesicht geschrieben stand, der in seinem grauen Anzug keine schlechte Figur machte. Zum Schulfest an Fasching war er einmal in römischer Toga als Kaiser Claudius aufgetreten und man durfte ihm die Rolle ohne Weiteres abnehmen.

So beschloss er, den Lateinlehrer zu bestrafen, an Kais Stelle, sozusagen als dessen Stellvertreter. Statt seine Freizeit wie meist in der Bibliothek oder am Schreibtisch zu verbringen, begann er, den dicken Doktor zu beobachten, ihn unauffällig zu verfolgen. Sah schnell, dass es nicht nur Kai war, der das Boot mit dem Lehrer zur Insel ruderte, um dort dessen erotische Spiele mitzuspielen. Und bald stellte er fest, dass an den Sonntagvormittagen Doktor Stegemann selbst ruderte und alleine auf der Insel war. Was tat er alleine dort drüben?

Am dritten Sonntag seit dem Beginn der Überwachung erwartete er den Ruderer auf der Insel. Unbemerkt beobachtete er mit kühlen Augen jede Bewegung des Mannes, der sich am Rande der Lichtung auszog und zu tanzen begann. Ein nackter Faun, der immer wilder herumsprang, sichtlich erregt wurde und in Abständen laut stöhnte. Plötzlich brach er mit einem heiseren Schrei zusammen, bewegte sich bäuchlings im Gras.

Das war der Moment, in dem er zu Eis wurde, er tief innen bereit war, das Tabu zu brechen.

Mit wenigen großen Sätzen war er bei dem Nackten, sprang ihm auf den Rücken und presste mit beiden Händen dessen Gesicht ins Gras. Einige Sekunden später wurde ihm bewusst, dass da was nicht stimmte. Der dicke Mann unter ihm wehrte sich nicht, zappelte nicht, tat nichts.

Hatte ihn vor Schreck der Schlag getroffen?

Auch ihm war zu Ohren gekommen, der Doktor sollte es am Herzen haben; ein offenes Geheimnis im Internat. Anzusehen war es Stegemann nicht.

Er stieg von dem weißen, fettwulstigen Rücken, kniete sich neben den Lehrer, prüfte, wie im Erste-Hilfe-Kurs gelernt, den Puls. Es gab keinen Zweifel: Der Lateinlehrer, ein heimlicher Lüstling, der ohne Hemmungen seine Schüler missbrauchte, war mausetot.

Drüben im Totenreich würde er nicht mehr schnippen, sicher nicht, und dort all denen dienen müssen, die er gepeinigt hatte, bis in alle Ewigkeit. Er ruhe nicht in Frieden!

Bei diesem Gedanken lächelte er, erhob sich, schaute auf den Toten hinab. Ja, Gerechtigkeit gab es nur, trug man selber dafür Sorge.

Ist der Film der Erinnerung einige Sekunden gelaufen oder Minuten oder länger?

Magdalena hält meine Hand, betrachtet den Rosengarten.

Mit dem nächsten Fährboot verlassen wir die Roseninsel. Wir spazieren den Uferweg entlang, kommen am Strandbad vorüber, erreichen das Restaurant »Forsthaus«. Im Garten, mit Blick zu den sich leise im Wind bewegenden nackten Masten im kleinen Bootshafen und über den See zum gegenüberliegenden Ufer, nehmen wir unter einem hellen Sonnenschirm Platz. Studieren die Karte und bestellen.

Mir gegenüber sitzt diese schöne Frau, schenkt mir das zärtliche Leuchten in ihren Augen wie einen bunten Blumenstrauß, so herrlich duftend, mit dem stummen Versprechen liebevoller Verführung.

Welch ein zauberhafter Moment.

Blick in den Himmel

24

Dem Regen zum Trotz gehe ich ohne Eile unter meinem Schirm durch die winkeligen Gassen nahe dem Marienmünster, bin auf dem Weg zu Fritz Dessoir, der im »Kellertheater« auf mich wartet.

Am Vormittag war ich in München, verbrachte einige Stunden im Büro von Werner Brandscheid, meines Finanzberaters und Freundes aus Studientagen. Er war einer dieser Zauberer, die aus der Finanzkrise so richtig goldene Funken zu schlagen vermochten. Zunächst ging es um Konten in Luxemburg, deren inzwischen angesammelte Beträge ihm zu hoch waren, die er unbedingt zu anderen Finanzplätzen auf die Reise schicken wollte, aber nur mit meiner Zustimmung. Nachdem wir diese Transaktionen geklärt hatten, lag mein Fragenkatalog zu einer millionenschweren Beteiligung auf dem Tisch. Es ging hier um einen brisanten Fonds zur Förderung der Energiespeicherung. Ich habe mir die Entscheidung im Vorfeld unserer Besprechung nicht leicht gemacht. Das Risiko war ziemlich hoch. Ginge es schief, was wirklich nicht auszuschließen war, machte mich das natürlich nicht zu einem armen Mann, aber es wäre sehr ärgerlich, denn hohe zweistellige Millionenbeträge möchte ich nur sehr ungern in den Sand setzen. Da muckt mein Ego gehörig auf.

Bisher gab es kein wirklich praktikables System zur Massenstromspeicherung. Alles, was da so als Ei des Kolumbus gepriesen wurde, waren letztlich Lösungen, die auf Krücken humpelten. Der Fonds nun, um den es ging, war allein aus dem Grund ins Leben gerufen worden, um einen vielversprechenden neuen Weg zur Problemlösung mit Kapital zu versorgen, hochtoxisches Risikokapital also.

Nachdem Werner mir den Vorschlag gemacht hatte, zudem die Hintergründe darlegte, mich mit schriftlichen Unterlagen versorgte, sagte ich zuerst einmal, er solle es mir mit klaren Worten, ohne Gaukeleien, erklären.

Werner lächelte ganz leicht.

Hinter dem Fonds steht ein Trust. Einer dessen Treuhänder ist Werner, der deshalb nicht selbst zum Kreis der Anleger zählen darf.

Aber Leo Petermann schon. Ich feixe.

Eben, Leo. Diese restriktive Klausel sei einer der wenigen Punkte, die bei einem Trust nicht so hell glänzen, jedenfalls nicht für ihn persönlich.

Seine nächsten Sätze hatten schon etwas von Schwärmen, aber nur ganz kurz. Emotionen vertragen sich nicht mit Geld, lautet eines von seinen geflügelten Worten, diesem Epikureer des Geldes.

Welche schönen Dinge der Treuhänder mit einem Trust anfangen könne, hob er verbal den Finger. Nicht zuletzt sei es eine feine Sache, den Steuerbehörden, egal wo auch immer, eine lange Nase drehen zu dürfen. Er ziehe aus seinen Schachzügen fast so was wie Lust. Ein Trust habe untergründig etwas Erotisches. Laufe alles nach Wunsch, sei das wie guter Sex.

Bei solchen Aussagen, die nicht oft von ihm zu hören sind, zumeist nur dann, wenn er besonders gut drauf ist, sieht er wie ein Lausbub aus.

Ich bekam auf alle meine Bedenken befriedigende Erklärungen, unterschrieb dann die notwendigen Papiere. Sollten wir diese Partie gewinnen, wovon Werner siegessicher ausgeht, dann könnte ich wie Onkel Dagobert mit einem Kopfsprung ins Geld tauchen.

Gegenüber des Theaters bleibe ich in einer Einfahrt stehen, schaue mir für einige Momente das graue Tuffsteinhaus an, um die letzten Gedanken an Werner zu vertreiben.

Ich steige die Stufen zum Bühneneingang hinunter. Bevor ich die Tür aufziehe, falte ich meinen Schirm zusammen und klopfe die Nässe ab. Seit der Maler Tulipan in der Schweiz in Haft ist, hatte ich mehrfach mit dem Theaterleiter wegen dieses unguten Themas telefoniert. Dessoir interessiert sich für den Künstler, wie der Patron des Theaters für die Kultur ganz allgemein aufgeschlossen ist, hat sich von Tulipans Farbenspielen zu bunten Bühnenbildern inspirieren lassen. Wie erschrocken, ja schockiert zeigte er sich, als Tulipan über Nacht den Pinsel in den Terpentintopf steckte und behauptete, die Gicht, ein altes Familienleiden, verbiete ihm augenblicklich und rigoros das Malen.

Erst vor einigen Wochen war aus heiterem Himmel für Fritz Dessoir eine ganz besondere Bombe geplatzt, die mir allerdings darum entgangen war, da ich mich zu dieser Zeit überhaupt noch nicht für Tulipan interessierte. In Zürich nämlich, am Schauspielhaus, wurde das Stück *Blick in den Himmel* uraufgeführt. Der Autor nannte sich Blindheim, ein völlig neuer Name in der Theaterszene. Schnell raunte sich herum, hinter Blindheim verstecke sich Paul Tulipan.

Anstatt Farben lasse er jetzt also Worte leuchten, sagte Dessoir am Telefon.

Der Patron des kleinen Theaters sitzt mit einem Glas Rotwein, die Flasche in Griffweite, auf einem hohen Hocker an der Bar. Er hält mit beiden Händen eine Zeitung aufgeschlagen vor sich hin und liest.

Dessoir, den ich als regelmäßiger Besucher des Theaters kennenlernte, war mein Mentor beim Schreiben meines Bühnenstückes *Eiswein*. Seitdem pflegen wir einen näheren, schon beinahe freundschaftlichen Kontakt.

Da ich ihn nicht erschrecken möchte, grüße ich, bevor ich näher trete.

Er sieht mich an, faltet die Zeitung zusammen, legt sie auf die Theke, rutscht vom Hocker, streckt mir seine Hand entgegen.

Schön, dass Sie gekommen sind, Doktor Petermann. Ein Glas Wein?

Ich danke ihm und bitte um ein Glas Wasser.

Er geht hinter die Theke, stellt ein Glas vor mich hin, holt aus dem Kühlschrank eine Flasche, öffnet sie und gießt das Glas halb voll. Dann kommt er wieder herum und wir setzen uns. Gleich deutet er auf einen kleinen Stoß Zeitungen, sagt dazu, er habe sich aus Zürich alles schicken lassen, was dort in letzter Zeit über Tulipan/Blindheim zu lesen stand.

War wirklich Neues dabei, möchte ich wissen.

Eher nur Feinheiten, fast schon Nebensächlichkeiten. Die Kritik zeige sich enthusiastisch, könne sich kaum beruhigen. Ein in der Schweiz wichtiger Kritiker versteige sich sogar zu dem Satz, der deutschsprachigen Bühne sei ein neuer Curt Goetz geschenkt.

Bei diesen Worten schaut er mich so erbost an, als sei er gerade von mir persönlich beleidigt worden.

Er habe sich das Textbuch besorgen können, was ihn allerdings einige Mühe kostete. Noch sei keine Gelegenheit gewesen hineinzuschauen, da die Post es erst an diesem Vormittag brachte. Wenn er es gelesen habe, lasse er es mir zukommen. Dann erst dürfen wir entscheiden, ob uns ein neuer Curt Goetz gegeben ist.

Dessoir nimmt einen Schluck Wein, ich trinke von meinem Wasser.

Wie um seine Verärgerung zu verscheuchen, quasi als Ventil, fasst er den Inhalt der Feuilletonartikel der Zeitungen, die sich mit dem Theaterstück beschäftigen, in wenigen Sätzen zusammen.

Interessant sei, dass das Schauspielhaus bei der Aufführung einen verhältnismäßig risikofreien Einsatz, nur den seines guten Rufes, der kaum zu beschädigen sei, übernahm. Tulipan selbst finanzierte das Stück. Reimann gab die Produzentin und führte auch Regie. Die Flüsterei hinter den Kulissen lasse vernehmen, dass die Dame allen gehörig auf die Nerven gegangen sei mit ihrem Anspruch, alles nicht allein besser zu wissen, sondern auch zu können. So wäre es zu verstehen gewesen, dass Tulipan und Reimann die Gelegenheit nutzten, während der ersten spielfreien Tage aus Zürich zu verschwinden. Die Frage, was sie nach Zermatt und vor allem auf den Gornergrat geführt hatte, sei bisher nicht mit Gewissheit zu beantworten.

Er schweigt, schaut mich an und ich lese auf seinem Gesicht die Frage nach meiner Meinung.

Was für ein Stehaufmännchen Tulipan doch sei, nicht wahr? Eben noch, sage ich, wäre er als Maler im Staub gelegen und schon steige er als Autor wie ein Phönix aus der Asche.

Ob ich die Möglichkeit sehe, Tulipan helfen zu können, fragt Dessoir.

Ich wäre dabei, es zu versuchen, aber es sei nicht eben einfach.

Dann solle ich bitte alles tun, was mir möglich wäre. Tulipan sei ein großer Künstler, auf jeden Fall ein großer Maler.

Er nimmt mein Lächeln wie ein Versprechen.

Elchsalami und Treberbrot

25

Wir haben zwölf Uhr für unser Treffen vereinbart. High Noon, scherzte Enzo Enderlein am Telefon. Dem Schweizer Konsul brennt ein voller Terminkalender unter den Nägeln. Unser Kompromiss ist das Restaurant des Golfklubs »Gut Häusern«. Eine Schweizer Großbank sponsert dort ein Prominenten-Turnier, ergo für den Konsul ein Pflichttermin.

Enzo Enderlein, *EE* im internen Sprachgebrauch, kenne ich aus »Pythagoras«-Zeiten. Immer wieder einmal hat er uns bei den Eidgenossen Türen geöffnet. Und als ich vor etlichen Jahren meine Wohnung oberhalb von Lugano kaufte, konnte er mir mit seinen Verbindungen manchen Umweg ersparen, mir die bürokratischen Hürden niedriger legen.

Wenn jemand etwas von einem anderen will, ist in gewissen Kreisen der Golfplatz dafür oft ein geeigneter Ort. Ich möchte Enzo dazu bringen, Pinkas Glauser in Zürich ein wenig mehr

Dampf unter dem Hintern zu machen. Nathan Kohen hatte es wohl nicht vermocht, dem alten Mann die Dringlichkeit klar darzulegen. Der ehemalige Bundesrat hatte am Telefon nur unverständliche Grunzlaute von sich gegeben. Nur Gruß- und Abschiedsfloskeln seien zu verstehen gewesen, sagte mir Kohen, und bedauerte, nicht mehr erreicht zu haben. Und noch immer hat sich Glauser nicht bei mir gemeldet.

Ich starte zeitig genug in Kimmling, lasse mir Zeit, genieße die Fahrt, gebe meinen Gedanken Auslauf.

In der Früh, ich war noch mitten in meiner Zeitungslektüre, schaute Korbinian vorbei. Mit einem freudigen Strahlen auf dem Gesicht teilte er mir mit, morgen würden wir nach Weilheim fahren, denn er hätte meinen Tisch gefunden, den ich schon so lange suche. Am Vortag war er auf dem Hof in der Nähe von Weilheim gewesen, wo ein Kollege von ihm seine Werkstatt hat. Dieser Mann verdient in der Hauptsache sein Brot mit dem Verkauf alter Bauernmöbel. Bei ihm hat er den Tisch gesehen, von dem ich genaue Vorstellungen habe, die ich ihm nicht nur einmal haarklein beschrieben habe, also müsste Korbinian wissen, wie der Tisch auszusehen hat. Seit ich in meinem Haus in Kimmling-Hof lebe, stelle ich mir einen alten, langen Tisch vor, an dem ich in meiner Bibliothek sitzen und schreiben will. Morgen werden wir fahren. Ich bin gespannt, ob Korbinian ihn tatsächlich gefunden hat, meinen Tisch.

Ich verlasse die Autobahn am Langwieder See, um in Richtung Dachau zu fahren. Der Golfklub liegt im hügeligen Hinterland der Kreisstadt. Ich war noch nicht in dieser Gegend. Mein Navi wird mir den Weg weisen.

Der Blick zum Langwieder See hinüber bringt mir meine Vision vom kleinen See im Wald nahe dem Internat zurück. Und die Erinnerung an das alte Bootshaus an diesem See. Heute früh schon, ich stand am Schlafzimmerfenster und schaute zum See, sah mein Bootshaus drüben im Schilf, waren mir die Bilder aus der Vergangenheit in den Sinn gekommen. Nach dem Frühstück habe ich das alte Bootshaus von damals auf einem Notizzettel beschrieben, um die wenigen Zeilen vielleicht in mein rotes Buch zu übertragen. Das Bootshaus war mir wenig vertrauenerweckend im Gedächtnis geblieben: windschief, das Dach eigentlich nur noch aus Moos bestehend und von diesem zusammengehalten. Ein Tor zum Wasser hin fehlte ganz. Der Steg, an dem das Ruderboot lag, war nur mit äußerster Vorsicht überhaupt zu betreten. Ich bin sicher, diese Ruine eines Bootshauses wird nicht mehr lange gestanden haben, bald nach meiner Zeit dort am Internat in sich zusammengefallen und im verschlammten Uferwasser versunken sein.

Ich muss meine Gedanken einfangen, um den schmalen Landstraßen durch das schöne Bauernland, das Ludwig Thoma so anschaulich beschrieben hat, zu folgen.

Schon vor der Zeit steige ich die Freitreppe zur Terrasse hinauf. Enzo Enderlein erhebt sich an einem Tisch, kommt mir strahlend entgegen. Wir geben uns die Hände, sagen beide, dass wir uns freuen.

Der weiße Bart stehe mir gut, sagt der Konsul. Daran gewöhnt habe er sich allerdings immer noch nicht.

Wir gehen zum Tisch. Von der Terrasse hat der Besucher eine weite Aussicht über den Platz.

Enderlein bedauert, immer noch keine Zeit gefunden zu haben, mich mit seinem Besuch dort draußen auf dem Land zu überfallen.

Weiß er denn überhaupt, wo ich, fände er mal Zeit, mein Domizil habe?

Er hebt den Finger wie ein schlauer Schüler, weist auf sein gutes Gedächtnis hin. Ich selbst hätte ihn eingeladen, nach Kimmling, richtig?

Ich nicke zustimmend.

Das Landleben sei für ihn nichts. Er brauche das Brodeln der großen Stadt um sich. Was mache ich denn in Kimmling den lieben langen Tag?

Mit aller Macht die Stille um mich herum verteidigen.

Und das gefällt Ihnen, Leo?

Mir geht es sehr gut damit, Enzo.

Wir lassen uns eine Platte mit schwedischer Elchsalami bringen, dazu dunkles Treberbrot, essen und unterhalten uns. Schnell ergibt sich die Möglichkeit, auf Pinkas Glauser und Paul Tulipan zu kommen. Enzo wird in zwei Tagen in Zürich sein und mit Glauser, den er persönlich kennt, Kontakt aufnehmen. Glauser würde sich bei mir melden. Das hatte allerdings auch schon Nathan Kohen versprochen.

Ich gebe dem Konsul meine Karte, damit er sie vielleicht an Glauser weiterreichen kann.

Die Elchsalami schmeckt uns, hat einen pikanten, würzig besonderen Geschmack.

Sommer der wilden Najaden

26

Wie ich nicht anders erwartet hatte, offenbarte mein diesjähriger Gesundheits-TÜV in der Privatklinik von Professor Dr. Winkler keine Auffälligkeiten. Meine tief in mir verwurzelte Gewissheit meines nicht allzu fernen Todes hat natürlich nichts gemein mit der Diagnose des Professors. Das Angenehme an der Prozedur waren die zwei geruhsamen Tage nahe des Englischen Gartens in Schwabing. Vom Wetter her waren es heiße Tage, die das Versprechen eines heftigen Gewitters an beiden Abenden einlösten.

Standen für mich keine Untersuchungen oder Tests an, saß ich im Garten im Schatten einer ausladenden roten Rosskastanie auf einer Bank im so kleinen wie beschaulichen Klinikpark. Ich hatte Stift und Notizbuch für plötzlich an die Oberfläche treibende Gedankensplitter aus meinen frühen Erinnerungen sowie für einen Roman dabei, von dessen Idee Magdalena sehr angetan war.

An diesem stillen Rückzugsort lernte ich eine ungewöhnliche Dame kennen, die ich in meinem Altersumfeld verortete. Ihren Namen hat sie mir nicht verraten, sah aus wie eine Frau von nebenan, eine bürgerliche Nachbarin, sehr gepflegt, gut frisiert, dezent gekleidet.

Sie trat langsam aus dem hellen Sonnenlicht in den Schatten, sah mich einen Moment an, ihre Augen waren durch die unterschiedlichen Lichtverhältnisse schmal.

Ob sie sich zu mir setzen dürfe?

Ich machte eine stumme Handbewegung, die sie einlud, Platz zu nehmen.

Sie faltete ihre Hände im Schoß.

Ich schloss mein Notizbuch, in dem ich gerade einen kurzen Satz festgehalten hatte.

Wir verfolgten das Spiel mit Licht und Schatten, das der leichte Wind mit der Bewegung der Äste vorführte.

Die Dame brach das Schweigen. Ob ich den Flieder an der Mauer gesehen und dessen Duft wahrgenommen hätte?

Ich sah sie an, nickte höflich zurückhaltend.

Erneut sahen wir den beweglichen Schattenspielen zu.

Sie hatte grüne Augen.

Ich sei nicht wegen ernstlichen Problemen hier, fragte sie offen.

Nur für zwei Tage zum Check.

Was die Ärzte denn sagen würden?

Mein Urteil sei noch nicht gesprochen.

Damit hatte ich ihr wohl das richtige Stichwort geliefert.

Meines schon, sagte sie. Herr Alzheimer sei definitiv im Anmarsch. An diesem Morgen habe sie die Gewissheit erhalten.

Konnte man einem Menschen, der einem völlig fremd war, Trost zusprechen? Ich glaube nicht. Also sagte ich nichts, fütterte jetzt mein Lächeln zusätzlich mit Wärme.

Natürlich habe sie längst Symptome wahrgenommen, machte sich nicht lange was vor, sei in die Klinik gegangen, um sich ihre Vermutung bestätigen zu lassen, mit einer Portion Angst, aber auch mit Hoffnung. Als der Professor ihr mit schönen Worten garniert die Wahrheit sagte, war sie über ihre Reaktion dann doch überrascht gewesen. Keine Spur von Panik, kein Lamentieren, sie sei wie in eine Hängematte der Gelassenheit gefallen.

Sie lachte leise, wie über einen gelungenen Scherz.

Ich sah sie von der Seite her an. Sie hielt den Kopf aufrecht, die Augen geschlossen.

Leise, doch sehr deutlich sprach sie. Das zunächst einmal Positive an Alzheimer sei, so habe sie es sich zurechtgeknetet, dass mit dem allmählichen Versickern des Ichs dem Tod der Zahn gezogen werde, da die letzte Reise zunehmend unbemerkt näher komme.

Schweigen.

Ich wartete, was sie mir noch über ihre Erkenntnisse mitteilen würde. Nein, es kam nichts mehr. Sie machte einige ruckartige Bewegungen, schien sich innerlich zu schütteln, wie um alle dunklen Gedanken zu verscheuchen. Sie öffnete ihre Augen, lächelte leicht, entschuldigte sich.

Ich lächelte zurück, sagte, ich danke ihr für das Vertrauen.

Ab da unterhielten wir uns angenehm, bis ich zu meinem nächsten Termin aufbrechen musste.

Sie habe begonnen, erzählte sie, die Musik ihres Lebens zu sammeln, um die Lieder angeben zu können, die bei ihrer Trauerfeier gespielt werden sollen. Jetzt führe kein Weg mehr daran vorbei, während des Rests an heller Zeit nicht allein ihre persönlichen Dinge, sondern auch die geschäftlichen zu regeln.

Nun hörte ich das Unerwartete, schon etwas Erstaunliche: Die Dame neben mir hatte eine Filmfirma, die erfolgreiche Pornofilme produzierte, die sich durch erzählte Geschichten von der primitiven Massenware unterschieden. *Sommer der wilden Najaden* oder *Die Auen der Aphrodite* waren zwei Titel, die ich mir merkte.

Ihre grünen Augen leuchteten belustigt auf. Sie mache mich doch nicht befangen mit ihrer Offenheit?

Nein, nein, gnädige Frau, ich höre Ihnen gerne zu.

Ihr leises Kichern klang fast fröhlich.

Einer meiner Termine rückte näher, ich erhob mich, reichte ihr die Hand, machte eine Verbeugung, wünschte ihr alles erdenklich Gute.

Meinen herzlichen Dank und *Vale*, unbekannter Herr.

Des Philosophen letzte Worte

27

Beim Frühstück fange ich mit halbem Ohr eine Radiomeldung auf: In Salzburg ist der Philosoph Samuel Attendorn verstorben. Durch den Namen aufmerksam geworden, lausche ich den nachfolgenden Sätzen eines ersten kurzen Nachrufs.

Samuel Attendorn, einer der wenigen hochgeachteten, auch in der breiten Öffentlichkeit bekannten Philosophen, war der Vetter von Rainer Fall, meinem ehemaligen Partner bei »Pythagoras«. Darum überhaupt kannte ich Samuel persönlich, wenn auch nicht gerade gut. Erst nach der Ermordung Rainers in

Wien wurde unser Kontakt reger, jedoch nicht eben menschlich enger. Samuel war ein knorriger alter Baum, ein Genie gewiss, was im persönlichen Umgang allerdings auch nicht weiterhalf. Jede Begegnung, egal mit wem, war für ihn eine Störung, sogar Diebstahl seiner Zeit, wie er mir mal am Telefon ins Ohr knurrte. Er habe noch so viel zu tun, fast keine Kraft mehr und noch weniger Zeit. Ergo solle man ihm bitteschön seine Ruhe lassen.

In den nächsten Tagen lese ich im Internet die Nachrufe auf Samuel, lasse mir die Printausgaben der überregionalen Zeitungen bringen. Der Tod des manchmal schroffen, doch mit viel Witz gesegneten alten Mannes, dessen Geist bis in seine letzten Tage hinein blitzte, ist das Thema der Feuilletons unserer Republik. Dem Brummbär wird von allen Seiten hoher Respekt gezollt. Ich hätte, so glaube ich, jede Wette gewonnen, dass längst nicht alle, die ihm jetzt Texte nachschreiben, seinen komplizierten Gedankentürmen zu folgen vermochten.

Vormittags bringt mir der Bote von »Pythagoras« einen quadratischen, elfenbeinfarbenen Umschlag mit schwarzem Trauerrand.

Ich gehe in die Bibliothek, bleibe für einen bewundernden kurzen Blick vor meinem neuen, alten Tisch stehen, der am Vortag gebracht worden war, schräg zum Fenster steht er und dient mir nun als Schreibtisch. Ich bin mit Korbinian zu diesem Hof in der Umgebung von Weilheim gefahren. Korbinian hatte recht, es war genau der Tisch, den ich mir vorgestellt hatte. Als ich ihn dort in dem Lager stehen sah, war es, ganz salopp gesagt, Liebe auf den ersten Blick.

Nachdem ich mich gesetzt habe, öffne ich den Umschlag mit dem Briefmesser, ziehe das Büttenpapier heraus, halte die persönliche Einladung zur Beisetzung von Professor Samuel Attendorn in der Hand. Er wird seine letzte Ruhestätte in der Gruft der Familie Fall auf dem Landsitz »Fall Manor« südlich von

London finden. Die Falls, eine alte Handels- und Bankiersfamilie, die ihren Ursprung in Ulm hatte, gründete im 18. Jahrhundert in Frankreich, Flandern, den Niederlanden und England Niederlassungen. Der englische Zweig wurde der erfolgreichste, einflussreichste, wurde zum stärksten Ast der Familie.

Der Einladung beigefügt ist ein kopiertes Blatt: Des Philosophen letzter Text in seiner gestochenen Handschrift, die ausformulierten Gedanken, die ihn vor seinem Tod beschäftigten: *Wohin, in welchen Winkel, hat sich die moralische Führung der Menschheit verkrochen? Mutiert die geistige Auseinandersetzung dem Urwaldniveau entgegen? Hat allein nur noch der Starke ohne Gewissen das Sagen? Verdunstet die Geisteskraft auf verdorrtem Boden ohne jede Bedeutung?*

An diesen Fragen war nun wirklich nichts Undeutliches, nichts, das schwer zu verstehen wäre. Samuel hatte sich klar, unmissverständlich ausgedrückt; war wahrlich ein kluger Mann gewesen. Und er war sich bewusst, ein einsamer Rufer in der Wüste der Dummheit geblieben zu sein. Seine mahnenden Worte wurden wohl vernommen, jedoch nicht angenommen, nicht wirklich. Bei denen, an die sie gerichtet waren, gingen sie ins eine Ohr hinein und gleich wieder zum anderen hinaus. Wusste Samuel, dass er zu einer aussterbenden Spezies gehörte? Ich denke, ihn so gut gekannt zu haben: Der kluge alte Mann aus Salzburg wusste es und es hat ihn dennoch amüsiert oder eben gerade deswegen.

In einem Learjet von »Pythagoras« fliege ich zusammen mit Magdalena nach London. Von dort mit einem Helikopter über die Dächer der großen Stadt nach Süden. Wir landen auf dem Rasen im weitläufigen Park von »Fall Manor«.

Der Landsitz, aus einem gewissen Abstand gesehen, scheint eine in die ideale Landschaft gestellte Filmkulisse zu sein. Das mit Efeu bewachsene aus der Tudorzeit stammende Hauptgebäude gleicht einem versponnen Märchenschloss.

Ein überaus distinguierter Butler geleitet uns zu einer großzügigen Zimmerflucht. Später treffen im sogenannten Jagdsaal, was einen kleinen Spaziergang durch die langen Flure des Schlosses voraussetzt, alle anwesenden Gäste zusammen. Wir werden von einem weißhaarigen Herrn, dem Bruder des Lords, herumgeführt. Er stellt sich mir vor und ich erinnere mich, dass ich ihn bei Rainers Trauerfeier bereits flüchtig wahrgenommen hatte.

In der Kapelle des Landsitzes findet am frühen Abend ein Gedenkgottesdienst für Samuel statt, bei dem auch Rainers gedacht wird. Anschließend bewegt sich der Trauerzug, es ist bereits dunkel, zur Gruft. Fackeln beleuchten den Weg.

Wir zählen ja nicht zur weitläufigen, in der ganzen Welt verstreuten Familie, haben aber dennoch die Ehre, bei der Grablegung anwesend sein zu dürfen, werden Zeugen der Rituale einer alten Familie, würdig, voller Symbolik, uns nicht immer verständlich.

Am kommenden Morgen, es ist noch reichlich hin bis zur angesetzten Frühstückszeit, Magdalena befindet sich im Bad, stehe ich an einem der hohen Fenster, blicke in den weiten Park. Ein kräftiger Wind weht, was mir die Bewegungen in den alten Bäumen und die schnell ziehenden dunklen Wolken am grauen Himmel zeigen. Es regnet nicht.

Beim Frühstück liegt ein cremefarbener Umschlag neben meinem Teller, unten links das Wappen des Lords. Erst nachdem wir uns für den Tag gestärkt haben, zur letzten Tasse Tee, öffne ich den Umschlag, der nicht verschlossen, nur eingesteckt ist. Der Lord bittet mich um zehn Uhr dreißig zu einem Gespräch in sein Arbeitszimmer. Er wolle nur so viel kundtun, dass es um einen Wunsch des verstorbenen Samuel gehe. Ich verliere nicht viele Gedanken an die Frage, was Samuel quasi noch aus dem Jenseits heraus von mir wollen könnte.

Der Lord ist ein schlanker, hochgewachsener Mann, der mich am Fenster stehend erwartet. Wir reichen uns die Hände und er dankt mir für mein Kommen, bittet mich zur Sitzgruppe vor dem großen offenen Kamin. Von seinem Schreibtisch hat er einen normalen Briefumschlag mitgenommen, den er mir, nachdem wir Platz genommen haben, übergibt. Er fordert mich auf, den Umschlag zu öffnen und den Brief zu lesen. Sein Blick ist nicht gewinnend, wie eben noch bei der Begrüßung, sondern ernst und ich meine sogar, eine gewisse Spannung darin zu erkennen.

Es ist ein Bogen Büttenpapier ohne Briefkopf. Unzweifelhaft sind die Zeilen in Samuels Handschrift verfasst. Ich lese die Anrede, sehe daraufhin den Lord kurz erstaunt an. *Mein lieber Freund,* hat Samuel über seine Zeilen geschrieben. Damit kann jeder gemeint sein. Ich nicht, denn ich war gewiss nicht sein lieber Freund. Da der Lord nicht reagiert, wende ich mich dem Text zu, der mit dem Signum SA endet, und der mir nun keinen Freiraum zum Zweifel lässt, dass mit dem *lieben Freund* doch ich gemeint bin. Was Samuel schreibt, ist einerseits sehr deutlich, doch andererseits bleiben die wichtigen Punkte schwebend.

Nach einigen Momenten des Nachdenkens, das Blatt in der Hand, frage ich den Lord, ob er den Inhalt des Briefes kennt. Der Wortlaut sei ihm nicht bekannt, er wisse jedoch, worum es gehe. Darf ich aus seinen Worten schließen, ihm sei bekannt, wo sich das Buch befindet? Der Lord nickt, gibt auf meine Frage keine verbale Antwort. Wo ist es, hier in »Fall Manor«? Ein amüsiertes Blitzen ist in seinen Augen. Jetzt hat er eine Frage, die mich zwingt, Farbe zu bekennen. Werde ich Samuels Wunsch erfüllen? Eigentlich bin ich bereit, ja zu sagen zu diesem Überraschungs-Ei des hinterhältigen Philosophen, möchte dem Lord aber nicht vorschnell meine Zusage geben. Ich werde die geheimnisvolle Aufgabe auch nicht für Samuel, sondern allein in

Erinnerung an meinen Freund und Ex-Partner Rainer Fall erledigen. Doch erscheint mir der Transfer des einzigartigen Buches, der nicht nur auf den ersten Blick unschwierig erscheint, doch mit einigen Haken und Ösen behaftet. Ich muss nachdenken. Ganz in diesem Sinne informiere ich den Lord darüber, im Park spazieren gehen zu wollen.

Ich hole Magdalena ab, wir verlassen das Schloss, folgen zunächst breiten, später schmaleren Wegen. Ich erzähle Magdalena von Samuels Brief und der Aufgabe, die er mir vererbt hat. Samuel fordert mich auf, so wie es seine Art war, wickelt er seinen rauen Ton in eine Bitte, ein für die jüdische Gemeinde in Prag enorm wertvolles Buch von England in die Stadt an der Moldau zu bringen. Dabei verhehle ich Magdalena auch nicht die möglichen Stolpersteine dieser Mission.

Wir sind am Rande einer Baumgruppe angelangt, und auf einmal sehen wir den Jungen, der mit einer Schleuder, die wir früher, damals im Internat, Spatzenschleuder nannten, auf Eichhörnchenjagd ist, jedoch offenbar ziemlich erfolglos.

Bilder aus meiner Internatszeit steigen auf. Auch wir, Kai Schilinski und ich, hatten solche Schleudern, hauptsächlich wohl darum, weil sie uns streng verboten waren. Wir entwickelten uns zu wahren Meistern im Umgang mit dieser archaischen Waffe, trafen damit sogar Vögel im Flug. Hätten wir uns Eichhörnchen ausgesucht, wäre es manch einem der putzigen Turner kaum gelungen zu entkommen, anders als gerade bei diesem englischen Jungen im Park von »Fall Manor« gesehen.

Ich nahm die kleine Szene wie ein Zeichen.

Die Uhr tickt bereits

28

Seit beinahe einer Woche erfreut uns ein stabiles Hoch, beschenkt uns mit Sonne pur quasi am Stück, zudem durch gleichmäßigen Wind am Morgen und am Abend mit idealem Segelwetter. Magdalena und ich sind mit dem Boot draußen auf dem See, lassen uns möglichst keine Stunde dieses Vergnügens entgehen.

An einem Mittag, nach einer kurzen Siesta, sitze ich im Schatten der Markise auf der Terrasse, schreibe mit grüner Tinte in mein rotes Buch. Aus dem Salon erklingt Mozarts Klaviermusik.

Am Abend vorher, wir waren gerade vom Segeln zurückgekommen, meldete sich mein Smartphone.

Pinkas Glauser.

Er entschuldigte sich mit einer zarten, aber rauen Stimme für die Verzögerung. Ihn hatte eine hartnäckige Erkältung in Beschlag genommen. Für einen alten Mann nahe an der Schwelle zum Jenseits sei solch eine Sache schnell eine arge Kalamität. Nachdem zunächst Kohen, jetzt Enderlein ihm zugesetzt hatten, mich anzurufen, wolle er seine Zusage einlösen. Worum es mir denn ginge? Ich sagte es ihm. Und dann plauderten wir noch etwas länger miteinander über die Schönheiten seines Landes.

Am späten Nachmittag waren wir aus England zurückgekehrt, hatten im »Seehaus« angenehme kulinarische Stunden, dann eine liebevolle Nacht bei mir verbracht. Am nächsten Morgen frühstückten wir zusammen, bevor ich Magdalena zu ihrem versponnenen Häuschen brachte.

Von ihr aus fuhr ich weiter nach Steinkirchen bis zum Wanderparkplatz am Ausgangspunkt zum Steinernen Tal. Dort wechselte ich die Schuhe, meine Wanderstiefel lagen immer im Kofferraum. Gleich hinter dem Parkplatz beschrieb der Weg einen kleinen Schlenker und folgte ein gutes Stück dem munteren Bachlauf.

Nach einer guten Viertelstunde Fußwegs erreichte ich die gesicherte Quelle, wo das Edelwasser für uns aus dem Untergrund sprudelt.

Bald stieg der Weg an, zog in einem Bogen vom Bach weg, doch nie so weit, dass das Rauschen des Wassers nicht mehr zu hören gewesen wäre. An einer Kehre – der Weg ging steiler den Hang hinauf – bog ich in die andere Richtung auf einen schmalen Pfad ab, der schon nach kurzer Strecke in eine Wiese mündete, an die ich mich von einer Exkursion mit Korbinian erinnerte. Am Rande dieser Wiese, an einem Steilhang über dem Bach, wachsen Haselsträucher und Weiden, derentwegen ich meine Wanderung unternommen hatte.

Jeden Haselstrauch, jede Weide sah ich mir ganz genau an, war auf der Suche nach einer möglichst symmetrischen Astgabel für meine Zwille, wie die Spatzenschleuder auch benannt wird.

Es war tatsächlich keine langwierige, demnach auch keine schwierige Aufgabe, denn ich fand ohne viel Mühe mehrere geeignete Astgabeln. Die für den gedachten Zweck tauglichsten schnitt ich mit der Gartenschere ab und versenkte sie in meiner Umhängetasche.

Am nächsten Tag verzichtete ich auf meine ansonsten geheiligte Siesta und fuhr nach München. Aus dem Internet hatte ich die Anschrift eines Modellbauanbieters gefischt, dessen Angebot zu breit gefächert erschien, um nur ein kleiner Laden zu sein. Je größer, desto lieber war es mir.

In der Tat war es ein ziemlich großes Geschäft, in dem sich erstaunlich viele Menschen aufhielten, so gut wie ohne Ausnahme alle männlich; die einzige Frau saß hinter der Kasse.

Flugzeug-, Schiff- und Automodellbastler hatten hier ein Paradies für ihr Hobby. Bei einigen der Männer sah ich sogar leuchtende Kinderaugen. Während ich wie suchend herumstreifte, obwohl ich genau wusste, was ich wollte, bildeten sich vor Tischen oder Regalen spontane Gesprächsgruppen, hörte ich mit halbem Ohr Wortfetzen der lebhaften Fachsimpelei.

Ohne nachfragen zu müssen, fand ich, wonach ich suchte, nämlich Spanngummis, wie sie für Flugzeugpropeller benötigt werden. Drei von den rechteckigen Pappschachteln nahm ich mit. Sicher ist sicher.

Jetzt fehlte mir nur noch ein Teil für meine Schleuder, nämlich ein reißfestes Stück Leder von der ungefähren Größe einer Handfläche. Genau, ich hatte denjenigen schon im Auge, der mir das Leder geben würde. Magdalena war mein erster Gedanke gewesen wegen des idealen Lieferanten, aber sie benötigt für ihre Arbeit nicht die Art Leder, nach der ich suchte.

Am nächsten Vormittag stattete ich Daniel Holzer einen Besuch ab. Seine mündliche Einladung, mal bei ihm vorbeizukommen, hatte ich noch im Ohr. Der Heimatfilmer verdient sich das Brot in seiner orthopädischen Werkstatt. Daniel fertigt Spezialeinlagen für Schuhe und individuelle Fahrradsättel für jeden Hintern. Hatte er das richtige Leder nicht parat, wer dann?

Wie ich einfach so in seiner Werkstatt aufkreuzte, staunte er mich groß an. Ich grüßte, als sei mein Erscheinen die natürlichste Sache der Welt.

Daniel bot mir einen drehbaren Hocker an, auf dem ich Platz nahm.

Der Geruch nach Leder und Klebstoff, der mich an eine Schusterwerkstatt von früher erinnerte, schwebte in der Luft. An der Wand hingen gerahmte Farbfotos aus unserer Gegend, die sicher von ihm stammten.

Daniel ließ es sich nicht nehmen, wie versprochen, mir seine

Arbeit zu erklären, detailliert, was ich klaglos hinzunehmen bereit war.

Erst nachdem wir uns auch über seine Filmerei unterhalten hatten, sagte ich ihm, was ich mir von ihm erhoffte, zeigte ihm mit den Fingern die ungefähre Größe des Lederstücks und welche Qualität ich mir vorstellte.

Kein Problem für Daniel.

Mir war klar, ich musste ihm eine Erklärung liefern, möglichst en passant, und auch, bevor er explizit danach fragte.

Ich benötige den Flecken für mein Segelboot, um das Scheuern einer Halterung am Mast zu unterbinden. Es sei nur provisorisch, werde nämlich erst demnächst hinüber nach Stadlried zu Alwin Voglmeier, dem Bootsbauer, kommen.

Anstandslos akzeptierte er meine Worte.

Daniel gab mir zwei Lederstücke, die er aus einer Kiste heraussuchte, die in einem Regal stand. Reste, wie er sagte. Eine Bezahlung wollte er dafür nicht annehmen und darauf zu bestehen hielt ich nicht für geschickt, würde es doch die Beiläufigkeit Lügen strafen.

Die Lederteile in der Hand, sah ich durch das breite Fenster hinüber zu dem Neubau, der den Stil eines oberbayerischen Bauernhauses nachempfinden sollte. Dort hatte vorher ein alter Hof gestanden, der aus ungeklärter Ursache niedergebrannt war. Daniel hatte das Feuer gefilmt, saß er doch direkt davor, quasi in der ersten Reihe.

Daniel erkannte, wo mein Blick hinging.

Ich rutschte von meinem Hocker, bedankte und verabschiedete mich, verließ die Werkstatt.

Keine Minute später bog ich um die Ecke des neuen Hauses, um durch die enge Gasse eine Abkürzung zu nehmen, und lief Lancelot in die Arme. Er starrte mich mit Augen an, in denen die Bösartigkeit funkelte, blieb aber zunächst stumm, war wohl ebenso erstaunt wie ich über unser plötzliches Zusammentreffen. Irgendwie meinte ich zu spüren, dass er eilig unterwegs war, schnell weiterwollte. Aber er überlegte es sich anders, flüsterte mir zu, seine Geduld sei nicht endlos dehnbar.

Ich lächelte ihn stumm an.

Lancelot fletschte die Zähne, zischte mich an: Mein blödes Grinsen mache ihn rasend. Ich solle ihn endlich ernst nehmen.

Bist ja richtig gut drauf, mein unverschämter Freund, dachte ich, schraubte meinen Gesichtsausdruck nicht zurück. Ich nehme ihn ernster, als er es sich vorstellen kann.

Wie auf Kommando, es wäre sicher für einen Zuschauer lustig anzusehen gewesen, setzten wir unsere Wege in entgegengesetzte Richtungen fort. Ich verweigerte mir einen Blick zurück.

In meinem Haus angekommen, stieg ich direkt in den Keller hinunter, um dort meine kleine Werkzeugsammlung zu überprüfen. Wie sich zeigte, hatte ich, was ich brauchte.

Nach dem Mittagessen bei den Weilnböcks und der anschließenden Siesta bastelte ich im Keller meine Spatzenschleuder zusammen. Es zeigte sich, dass es gut gewesen war, nicht nur eine Astgabel mitzubringen, denn erst mein dritter Versuch stellte mich wirklich zufrieden.

Noch im Keller verspürte ich den fröhlichen Drang, war sogar nahe am Übermut, meine Waffe zu testen. Jetzt gleich wollte ich es wissen. Wie viel von meiner Geschicklichkeit aus der Schulzeit hatte ich bewahren können oder doch eher eingebüßt?

Ganz hinten in meinem Garten, im Sichtschutz der Obstbäume und der Buchenhecke, machte ich meine ersten Versuche, die, gemessen an meinem Ehrgeiz, reichlich ungelenk, nicht gerade vielversprechend ausfielen.

Am nächsten Morgen, nachdem ich auf der Halbinsel Lancelot nachschnüffeln wollte, ihn in meiner Deckung vergeblich zum Schwimmen erwartete, stieg ich den steilen Hang wieder hinauf. Im Garten nahm ich die Schleuder aus meiner Umhängetasche und trainierte ernsthaft über eine Stunde lang.

Wie ich inzwischen hoffnungsfroh feststellen durfte, war es mit der Schleuder wie mit dem Fahrrad, hatte man es einmal gekonnt, blieb die Grundlage erhalten. Die Geschicklichkeit musste ich mir durch intensives Üben zurückholen.

Bereits nach einigen Tagen verließ ich meinen Garten, war ich mit meiner Schleuder auf Waldlichtungen oder Wiesen unterwegs, jedenfalls immer abseits möglicher neugieriger Blicke, probierte schon kleine Kunststücke, die zur damaligen Zeit zu unserem Repertoire gehört hatten.

Jeden Morgen war ich weiterhin vor Lancelot unten auf der Halbinsel, beobachtete jede seiner Bewegungen durch mein Fernglas aus dem Dickicht heraus. Seit Tagen hatten wir schönes Wetter und das Thermometer zeigte anständige Werte an, da tauchte Lancelot mit seiner Kamera am See auf, ging auf den Steg hinaus. Was er da fotografierte, erschloss sich mir nicht. Schließlich packte er die Kamera wieder in die Tasche, zog sich aus, sprang mit Anlauf und einem Schrei kopfüber in das sicher ziemlich kühle Wasser. Wie ein Wilder kraulte er mal in diese, mal in jene Richtung. Endlich kletterte er zurück auf den Steg.

Durch mein Fernglas sah ich, dass er entspannt wirkte, er trällerte sogar ein Lied, das ich nicht verstehen konnte, da die Entfernung doch zu groß war, während er sich mit einem Handtuch trocken rubbelte.

Mein Name sei Tulipan

29

In der stillen Zeit der frühen Nachmittagsstunde sitze ich auf einer Bank auf dem Friedhof von Kimmling, lasse mich von den wärmenden Strahlen der Maisonne verwöhnen.

Ich ordne in Gedanken Splitter möglicher Erinnerungen an meine Kindheit. Es ist erstaunlich, wie ungenau, wie fantasievoll die frühen Szenen abgespeichert sind. Mir fällt es nicht eben leicht, die Echtheit dieser Bilder durch mutmaßliche Vorstellungen hindurch zu erkennen.

Durch meine nur halb geschlossenen Lider nehme ich am Bildrand eine stetige Bewegung wahr: Da steigt jemand die Steintreppe hinauf.

Ich lasse mich, ohne genauer hinzusehen, in meine bequeme Sitzposition zurücksinken. Bis ich das leise Kiesknirschen unter langsamen Schritten nicht länger ignorieren kann, rühre ich mich nicht. Ich blinzle an der Sonne vorbei, erkenne gegen die strahlende Helligkeit nur einen dunklen Schatten, den Schatten eines Mannes. Meine Augen gewöhnen sich an das Licht und ich sehe, wer da mit drei Schritten Abstand vor mir steht. Es ist Leander Mendel, der mich mit einer irgendwie hintergründigen Heiterkeit betrachtet.

Ich richte mich auf, schaue zu ihm hoch.

Mendel deutet eine Verbeugung an. Herr Doktor Petermann, sagt er, ich grüße Sie.

Gerade mache ich Anstalten, mich zu erheben, da hält er mich mit einer Handbewegung zurück.

Er störe doch hoffentlich nicht, fragt er. Ob er sich zu mir setzen dürfe?

Ich rücke etwas zur Seite, er tritt sofort näher und nimmt Platz.

Es würde mich freuen, ihn zu sehen, sage ich.

Er lacht leise. Es sei gut, dass er mich gefunden habe.

Hat er denn nach mir gesucht? Ich wäre ihm entgegengekommen, hätte ich es geahnt. Ohnehin hätte ich ihn dieser Tage im Kloster besucht.

Im Ort habe er Frau Liebe getroffen, die ihm den Weg hierher zum Friedhof wies.

Damit haben wir die Einleitung hinter uns, schweigen, halten unsere Gesichter der Sonne entgegen.

Ich ergreife zuerst wieder das Wort. Schon werden die Trommeln für Ruth Holzmanns Roman geschlagen, hätte ich vernommen.

Ach, lautet seine einsilbige Reaktion.

Befürchte er noch immer versteckte Tretminen für seinen Freund Tulipan in dem Text, bohre ich nach.

Nein, da befürchte er nichts. Er habe mit Holzmann gesprochen. Ihr ginge es um Literatur, nicht um Enthüllungen. Tulipan diene Holzmann, wie sie sagte, als eine Art Metapher.

Ich erzähle dem Restaurator von der Lektüre Schweizer Zeitungen, die sich Fritz Dessoir, der für Mendel auch kein Unbekannter ist, hatte kommen lassen.

Ohne einen Kommentar hört Mendel einfach nur zu. Ich muss ihn schon explizit nach seiner Meinung über den Autor Blindheim fragen.

Mendel scheint nachzudenken, lange. Will er mir überhaupt eine Antwort geben, sich, geht es um seinen Freund, mit Worten festlegen? Mehrfach nickt er, in die Weite blickend, vor sich hin, bestätigt sich selbst wohl damit seine Gedanken.

Ich sehe ihn von der Seite her an.

Keine Frage, sagt er dann, Ben könne ein Theaterstück schreiben. Sein ganzes Leben sei eine Reihe kurzer Szenen. Er zweifle nicht daran, die zentralen Passagen des Stückes gehen auf das Konto von Ben, denn so sehe er nun mal die Welt.

Mendel dreht sein Gesicht mit geschlossenen Augen zur Sonne hin. Auch wenn er jetzt wieder schweigt, weiß ich, dass er mit seiner Erklärung noch nicht fertig ist. Es fehlt für mich die Pointe, auf die seine Worte hinzielen.

Der eigentliche Autor, sagt er leise, dennoch mit Überzeugung, der, der die Feder wirklich führte, war diese Frau.

Julia Reimann?

Die kunterbunte Mixtur, die in Mendels Vorstellung herumwabert, kenne ich zu wenig, eigentlich gar nicht. Auf jeden Fall, da täusche ich mich nicht, ist Reimann für ihn ein rotes Tuch. Da mir die Hintergründe unbekannt sind, kann ich nicht sagen, was auf Tatsachen beruht und was sich nur in seinem Kopf abspielt. Sicher ist, Mendel glaubt fest daran, hält für die Wahrheit, was er über Reimann sagt.

Ich frage Mendel, warum er mich gesucht hat.

Mendel wirft einen Blick hinüber zur Kirchturmuhr, die, hier auf der Westseite, nicht richtig geht. Dann wendet er sich mir zu, erklärt, er bekomme nachher Besuch von Tulipans Anwältin, Maria-Elisabeth Gorges.

Kleine Pause.

Er wolle mich einladen, dabei zu sein.

Was sind Mendels Motive, mich so, ganz offen, in die Geschichte Tulipans hineinzuziehen? Ich weiß es nicht. Mein instinktiver Abwehrmechanismus setzt ein. Ich darf nicht schleichend meine Gedankenfreiheit, meine objektive Meinung zum Fall Tulipan verlieren, darf mich nicht zu nahe an das Zentrum ziehen lassen, mich nicht der latenten Gefahr aussetzen, in irgendeiner Weise manipuliert zu werden. Ich vermag den Weg nicht zu erkennen, den Mendel mit seinen schwer zu durchschauenden Schachzügen anpeilt. Was ich sicher sagen kann ist, um Tulipan wird ein Spiel gespielt, ein sehr undurchsichtiges. Folge ich jetzt der Einladung, bringt mir das einen Blick hinter den Vorhang oder büße ich damit Freiraum ein? Habe ich die Möglichkeit, das Bild des vormaligen Malerstars schärfer zu sehen, dann wäre der Preis dafür, einen winzigen Teil meiner unbegrenzten persönlichen Denkfreiheit vielleicht einzubüßen, nicht zu hoch.

Ich danke Mendel für sein Angebot, nenne es überraschend, nicke ihm zu und wir verlassen Bank und Friedhof. Auf unserem Spaziergang zum Kloster sprechen wir über das sonderbare Wunder der Metamorphose Tulipans zu Blindheim.

Schon in Sichtweite unseres Ziels, fast auf den letzten Metern, stellt mir Mendel die Anwältin mit Worten vor. Gorges sei eine auf Kunstfragen spezialisierte Topjuristin, eine ganz ausgebuffte, sagt Mendel, hat allerdings mit Strafrecht nichts zu tun, kann ihrem Mandanten demnach in seiner vertrackten Situation kaum hilfreich zur Seite stehen. Gorges verfügt jedoch über exzellente Verbindungen in der Schweiz, steht mit einem eidgenössischen Rechtsbeistand in Verbindung, hält so die schmale Brücke zu Tulipan offen und begehbar, ist also mehr eine Vermittlerin zwischen den juristischen Fallstricken.

Ich bin versucht, Mendel von Pinkas Glauser zu erzählen, schweige aber, da ich dem alten Juristen nicht ganz über den Weg traue.

Das letzte Wegstück zum Kloster führt uns über den Wiesenhang.

Durch den größeren Innenhof, unter den spitzbogigen Arkaden des Kreuzganges entlang, gehen wir zum rechten Seitentrakt, von dem Mendel den hinteren Teil gemietet hat. Natürlich bekomme ich seine unauffälligen, prüfenden Seitenblicke mit. Seine ersten handwerklichen Eingriffe haben hier schon optische Ergebnisse gebracht. Nichts ist mehr zu erkennen von dem verfallenen Gemäuer, wie ich es noch gesehen habe. Die Wände sind geweißt, Terrakotta-Platten auf dem Fußboden, die Decken sind mit rotbrauner Farbe gestrichen. Mendel achtet geschickt darauf, dass ich die Veränderungen auch zur Kenntnis nehme.

Er bleibt vor einer Tür stehen, hat schon die Hand zur Klinke hin ausgestreckt, da schaut er mich fragend an.

Ich nicke ihm lächelnd zu, was im Augenblick mal des Lobes genug sein muss.

Wir betreten den Raum, der offenbar aus mehreren ehemaligen Mönchszellen entstanden ist. Zwei Frauen, Hanna und die Anwältin Gorges, wie ich annehme, sitzen auf einer dunkelblauen Couch vor den Fenstern, auf einem Beistelltisch stehen zwei hohe Gläser mit dunkelgelbem Inhalt.

Wände und Decke sind weiß gestrichen, der Fußboden besteht aus braunen Dielen. Die Ausstattung ist mit ausgesuchtem Geschmack zusammengestellt.

Mendel stellt mich vor. Ich reiche beiden Damen die Hand, nehme dann ihnen gegenüber Platz. Allgemeines Schweigen zunächst.

Zwischendurch hat Mendel das Zimmer durch eine Seitentür verlassen. Er kehrt mit zwei Flaschen Bier und Gläsern zurück. Nach einem fragenden Blick zu mir schenkt er ein und wir trinken einen Schluck.

Mendel wendet sich an Gorges, eine vollschlanke Frau, etwas über die mittleren Jahre hinaus, mit schulterlangen dunkelblonden Haaren und einem hübschen Gesicht, das durch die schmalen Lippen ein wenig streng wirkt. Sie trägt einen anthrazitfarbenen Anzug, der ihr einen maskulinen Anflug verleiht, sitzt bequem zurückgelehnt, hat die Beine übereinandergeschlagen.

Das Gespräch dreht sich, was mich doch ein wenig verwundert, zunächst nicht um Tulipan, sondern um Reimann. Mendel will von Gorges wissen, wie das Bild dieser Frau in der Schweizer Öffentlichkeit dargestellt wird.

Gorges spricht druckreif mit einer dunklen Stimme. Reimann legte auf ihren Ruf überhaupt keinen Wert. Kräftig habe sie dazu beigetragen, ihn richtig zu ramponieren. Es finde sich im Umfeld des Theaters oder den Kreisen, in denen Tulipan beziehungsweise Blindheim in Zürich verkehrte, niemand, der ein helleres Teilchen zu dem eher düster verschwommenen Puzzle der Reimannschen Persönlichkeit hinzufügen vermag. Es gab wohl keinen, der nicht wusste, dass sie Tulipans letztes Modell war. Da niemand wirklich sagen konnte, wie es dazu gekommen war, förderte das natürlich das Getuschel. Tulipan selbst soll sie überredet haben, ihm zu sitzen. Andere, so auch der Galerist

Baaden, halten diese Variante für einen von Tulipans skurrilen Scherzen, eine geflüsterte Geschichte will wissen, Reimann habe Tulipan verführt, ihn völlig in ihren Bann geschlagen, nicht mehr losgelassen und ihn schließlich zu ihrem Hampelmann gemacht. Andere wiederum behaupten, Tulipan sei für Reimann die Chance gewesen, nach der sie immer gierte.

Dieses doch mehr ungute Bild der Journalistin war mit dem Moment ihres Todes auf dem Gornergrat in der Zeit eingefroren.

Nun erst wird Tulipan alias Blindheim zum Thema.

Gorges spricht allein von Blindheim. Er habe sich von allem abgekapselt, die Außenwelt interessiere ihn nicht, er verlasse seine Zelle nicht, nicht einmal zu einem Spaziergang im Innenhof, der ihm erlaubt sei, habe seinen Mund versiegelt, picke einem kleinen Vogel gleich in seinem Essen herum. Mit krummem Rücken sitze er an dem kleinen Tisch unter dem Fenster seiner Zelle und schreibe wie in Trance. Keinem Besucher gestatte er einen Blick auf das Manuskript. Fest stehe: Blindheim schreibe an einem Stück mit dem Titel *Mein Name sei Tulipan.*

Gorges blickt Mendel an, als wolle sie ihn hypnotisieren. Was schreibt Ihr Freund, lieber Herr Mendel? Eine Beichte?

Mendel schüttelt heftig den Kopf. Was bitte soll Ben denn beichten, Frau Doktor Gorges?

Die Anwältin schaut zwischen Mendel und Hanna hin und her. Schreibe er möglicherweise seine Sicht einer bestimmten Wahrheit nieder?

Mendel fährt mit seinem rechten Arm durch die Luft, wischt damit für sich die Ansicht der Anwältin zur Seite.

Welche Wahrheit solle denn das sein, fragt er erbost. Ben weiß doch mit der Chimäre *Wahrheit* nichts anzufangen. Der alte Freund sei sein ganzes Leben auf ein Ziel hin unterwegs, das er nicht mal kenne, es nie, nicht mal von Weitem, gesehen habe.

Die Stimme von Gorges ist leise, schneidend. Mendel stelle, sagt sie, seinen Freund mit diesen Worten auf die Stufe eines senilen Tölpels.

Mendel beugt sich vor, schaut Gorges so an, als sähe er sie gerade zum ersten Mal, sagt nichts.

Ich frage mich die ganze Zeit während des Gesprächs, das eigentlich keines ist, aus welchem versteckten Grund mich Mendel dazu eingeladen hat. Soll ich den Zeugen abgeben? Zeuge wofür? Er wird es mir erklären müssen.

Pinkas Glauser bleibt vorläufig erst einmal das Ass in meinem Ärmel.

Wir leben eben nicht im Paradies

30

Andreas Helmes und ich stehen auf meiner Terrasse, jeder ein Glas Traubensaft von meinem Gut in der Hand, unterhalten uns über Marcel Proust, in dessen Vorstellungswelt, dessen literarischen Geist der Architekt einzudringen versucht. Ohne sich hinter irgendwelchen verbalen Sperenzien zu verstecken, gibt er zu, sich schwerzutun.

Ich versuche ihm über einen Umweg Mut zu machen, indem ich ihm erzähle, dass ich mich mit meinen Jugenderinnerungen beschäftige und darum wieder in Prousts *Suche nach der verlorenen Zeit* hineingelesen habe. Immer wieder an seinem Glas nippend, setzt er mir auseinander, was ihm den Roman an manchen Stellen so sperrig macht.

Habe er mal den *Ulysses* gelesen, frage ich ihn mit leiser Andeutung von Frohmut.

Nein, nichts von James Joyce. Das habe er sich noch nicht

angetan, nicht getraut. Sei aber für irgendwann nicht ausgeschlossen.

Im Gegensatz zu Joyce sei Proust die kleinere Nuss. Ich sehe ihn an. Das wäre meine Meinung, schicke ich ihm meine Ermutigung hinterher.

Vorher hatten wir uns Helmes' Pläne für mein Hallenbad angesehen und auch über seinen Vorschlag das Panoramafenster in der Bibliothek betreffend gesprochen. Der Architekt präsentierte mir eine überraschende Idee zum Schwimmbad, die mir reichlich Nahrung zum Nachdenken liefern wird. Um die Arbeiten im Haus auf einem möglichst niedrigen Stör- und Schmutzlevel zu halten, und, das rechne ich ihm hoch an, um meine Rosen zu schützen, schlägt er vor, den Swimmingpool unter den Garten zu legen. Ein unterirdischer Gang wird die Verbindung zum Haus sein. Acht Obstbäume werden auf Zeit versetzt werden müssen. Helmes hat bereits mit dem Landschaftsgärtner gesprochen, der damals, bevor ich mein Haus bezog, den Garten herrichtete und die Rosenrabatten anlegte. Der Fachmann hat keine Einwände, die Bäume umzusetzen. Erst einmal nahm ich Helmes' Einfall zur Kenntnis, enthielt mich jedes Kommentars, versprach nur, ihn mir durch den Kopf gehen zu lassen und ihm zeitnah meine Entscheidung mitzuteilen. Ich möchte ja auch unbedingt mit Magdalena über den neuen Plan sprechen.

Wir sind auf der Terrasse vom Pfad der Literatur wieder abgebogen, zurück zu unserem aktuellen Thema.

Der leichte Wind bewegt die Künstlermähne des Architekten. Seine Hand streicht hörbar über seinen weißen Dreitagebart.

Er verspricht, die amtlichen Genehmigungen würden keine Schwierigkeiten machen. Spiele das Wetter mit, könne bereits im Spätsommer mit den Arbeiten begonnen werden und im Herbst wäre schon der Deckel drauf. Natürlich immer meine Zustimmung vorausgesetzt.

Die Kopfbilder, von meiner Fantasie entwickelt, freunden sich inzwischen bereits mit dem neuen Bild an. Weshalb ich so lange mit dem Projekt gezögert habe, waren gerade diese zu erwartenden Umbauten, was zwangsläufig Lärm und Unordnung in meine Burg bringen musste und da bekam ich schon beim Gedanken imaginäre Pickel. Nun sollte es doch gar nicht so schlimm werden. Zudem hatte ich ohnehin geplant, zusammen mit Magdalena während der Bauarbeiten zu verschwinden, auf mein Weingut, ins Tessin oder an sonst einen schönen Ort auf dieser unserer Erde.

Helmes trinkt den letzten Schluck, reicht mir das Glas und danach seine Hand, dankt für den wunderbaren kühlen Saft und das Gespräch über Proust und Joyce.

Nur mal gerade eine gute Stunde später, um die Mittagszeit, lenke ich meinen Wagen die Auffahrt hinunter, bin unterwegs zum Franz-Josef-Strauß-Airport, dem Münchner Flughafen im Erdinger Moos. Ich werde dort Alexander Forster, Professor der Universität Leuven, abholen.

In seinem letzten Brief zum Jahreswechsel hatte er seinen Wunsch, mich zu besuchen, erneuert. Dieses Jahr werde er sicher bei mir auftauchen, wir werden uns schöne Tage machen, Leo, schrieb er.

Es ist wirklich schon eine Weile her, dass wir uns zum letzten Mal gesehen haben. Damals bin ich nach Brüssel geflogen, um mich mit einem Russen, mit dem ich in einer nebulösen Verbindung stand, zu treffen. Um diese Stippvisite zu tarnen, fuhr ich weiter nach Leuven, wo wir in einer alten Gaststätte im Innenhof eines ehemaligen Beginenhofes zusammensaßen, den Nachmittag und frühen Abend mit Gesprächen über weite Themenkreise verbrachten.

Der jetzige Professor Forster ist ein ehemaliger Mitarbeiter aus dem Führungskreis von »Pythagoras«, einer aus der legendären *Tafelrunde*. Auf einem ganz speziellen Gebiet der Mathematik ist Alexander ein Genie. Für ihn sind Algorithmen regelrechte Spielzeuge, eigentlich Spielsteinchen, mit denen er Verschlüsselungen zu zaubern versteht, die gar nicht oder nur äußerst schwer zu knacken sind, was für eine gewisse Softwarekategorie nicht nur Voraussetzung, sondern auch ein nicht zu überbietendes Verkaufsargument bedeutet.

Wie gesagt, ist er einer aus der *Tafelrunde* und so war es keine Besonderheit, dass wir nach Alexanders Ausscheiden aus dem Unternehmen in Kontakt geblieben sind. Wir schreiben uns zum Jahreswechsel gegenseitig Briefe, handschriftlich, welch ein elitärer, schöner Anachronismus. Unregelmäßig mailen wir uns, behandeln mathematische und technische Themen aus dem Softwarebereich, die uns interessieren. Seit ich mich aufs Land zurückgezogen habe, ist unsere Verbindung jedoch ein klein wenig müder geworden. Deshalb verwundert mich sein fast schon überstürzter Besuch doch ein wenig.

Wir stehen uns in der Ankunftshalle gegenüber, nachdem Alexander durch die automatische Glastür gekommen ist, haben auf den ersten Blick nichts aneinander auszusetzen, finden uns nicht sichtbar älter, senden vergnügliche Blicke aus, umarmen uns kurz.

Auf dem Weg zum Parkdeck sagt Alexander, der weiße Bart stehe mir gut.

Er solle nun ja nicht sagen, ich sähe aus wie ein Bruder von Hemingway.

Wir sehen uns grinsend an.

Alexander gehört zu den Menschen, denen – wie sagt man so schön kitschig? – die Herzen zufliegen, die etwas Undefinierbares ausstrahlen, so eine Art Lockstoff vielleicht, der es dem Gegenüber instinktiv leicht macht, ihm zu vertrauen.

Mit Magdalena versteht er sich auf den ersten Blick, sofort ist ge-

genseitige Sympathie vorhanden. Sogar Korbinian, sonst eher pingelig, lässt ihn in sein Atelier, er darf ihm sogar bei der Arbeit zusehen. Rup Falke und Inni Buisman nehmen es wie selbstverständlich, wenn Alexander einfach so bei ihnen auftaucht, mit ihnen zusammensitzt, Musik hört, Bier trinkt, beim Kartenspiel mitmischt.

Am ersten Abend in Kimmling, das letzte Sonnenlicht verglüht über dem See, der leichte Abendwind kommt von den Bergen, unsichtbare Grillen zirpen im Garten, stehen wir auf der Terrasse und Alexander beschreibt das, was er sieht, als Hans-Thoma-Landschaft. Er muss es ja wissen, hat er sich doch von jeher für diese Epoche der deutschen Malerei begeistert, sogar in Gemälde dieser Periode investiert. Deutsch hat immer Konjunktur, hat er dazu gesagt.

Und er sagt, hier in Kimmling scheine die Zeit stillzustehen.

Sie vergehe nur geruhsamer, weniger eilig, stelle ich richtig.

Alexander und ich segeln bei jedem Wetter. Magdalena ist nur manchmal dabei, da sie von ihren Puppen in ihrem Märchenhaus festgehalten wird. Alexander zeigt an Bord der *Magdalena*, dass er ein sehr guter Segler und verlässlicher Partner ist. Das bestätigte sich vor allem an dem späten Nachmittag, als uns ein plötzlich aufkommender steifer Wind von den Bergen her traf und wir Hand in Hand zupacken mussten, um uns vor dem Föhnsturm in Sicherheit zu bringen.

Dann war Alexander für zwei Tage in München, um Termine wahrzunehmen, über die er nicht gesprochen hat.

Ich nutzte diese Vakanz, um Lancelot, immer aus sicherer Entfernung, im Auge zu behalten. Und um ungestört mit meiner Schleuder zu trainieren. Neulich habe ich eine stille Waldlichtung entdeckt, in deren Mitte eine Hütte, mit Heu vollgestopft, stand, deren Dach ich als ein ideales Ziel nutzte.

Lancelots Frühsport habe ich übrigens jeden Tag verfolgt, denn um diese Zeit lag Alexander noch in den Federn.

Wir fahren in die Berge zum Wandern. Auf der »Esterberg-Alm« haben wir ein Gedicht von einem Kaiserschmarrn genossen, sitzen bequem der Sonne zugewandt, kein Wanderer ist in unmittelbarer Nähe, da fängt Alexander an zu sprechen. Seit Tagen habe ich mich gefragt, wann und ob überhaupt er darüber reden wird, was sein sonst so offenes Wesen für mich doch merkbar undurchschaubarer macht.

Pieter, sein langjähriger Lebenspartner, Professor wie er, hat sich von ihm getrennt, ist einem lockenden Ruf nach England, nach Oxford, gefolgt. Pieter war übrigens der Grund, weswegen er damals »Pythagoras« den Rücken kehrte, um an die Universität von Leuven zu gehen. Schon seit einer Weile hatte Pieter mit dem Feuer gespielt, forderte Alexander heraus, provozierte ihn. Doch dessen Vertrauen war unerschütterlich, blieb es zu lange. Bis zu dem Tag, vor dem Haus wartete schon das Taxi auf Pieter, an dem der Freund mit zwei Koffern aus seinem Arbeitszimmer trat, mit schiefem Grinsen Alexander vor die nicht mehr zu ändernde Tatsache stellte.

Alexander schweigt eine kurze Weile, dann sagt er, zu viel Nähe mache eben verletzlich und damit angreifbar. Er habe einfach nicht den Ernst der Situation akzeptieren wollen.

Einen Tag, nachdem Pieter die Wohnung verlassen hatte, packte auch Alexander seinen Koffer, um den unter ganz anderen Umständen geplanten und angekündigten Besuch bei Leo Petermann in die Tat umzusetzen.

Ich höre zu, ohne Alexander zu unterbrechen. Mehr kann ich nicht tun. Trost zu spenden ist mir einfach nicht gegeben. Dennoch kann ich mir, wenn auch sehr vage, vorstellen, wie Alexander zumute ist, mehr nicht. Da ich ihm ja kein Unbekannter bin, erwartet er auch nicht mehr als ein offenes Ohr, das Ohr von König Artus.

Vereinbart hatten wir eigentlich, von der Alm auf dem gleichen Weg ins Tal zurückzukehren. Spontan entschließen wir uns, weiter hinauf zum Wank zu wandern.

Stunden später, in der Seilbahnkabine, erklärt er, in Leuven könne er nicht bleiben, jeder Stein dort erinnere ihn an Pieter. Seit Jahren habe er Angebote amerikanischer Universitäten und nun das der Princeton-University angenommen.

Bevor wir die Kabine verlassen, drückt er meinen Arm und fragt, ob wir die Briefe zum Jahreswechsel weiterhin schreiben. Ja, Leo?

Ich lächle. Sorgen hat er, der Alexander!

Sie unterlägen streng dem Gewohnheitsrecht, sage ich.

Bester Stimmung machen wir uns auf den kurzen Weg hinüber zum Parkplatz.

Er schlug sich in die Büsche

31

Ich habe den Waldrand erreicht, oberhalb einer vom Mischwald eingefassten freien Wiesenfläche, unterbreche hier meine Wanderung, um das Bild vor mir zu betrachten. Links am Hang, auf Kimmling zu, erkenne ich die bunten, gebeugten Rücken der Pflücker auf Franz Tischlingers Erdbeerfeldern. Am blankgefegten weißblauen Himmel hängt ein blasser Halbmond wie als Kulisse. Der See liegt scheinbar unbewegt stahlgrau in der Sonne. Wenige Segel sind unterwegs, wohl auch mangels passenden Winds. Das jenseitige Ufer und die hügelige Landschaft verschwimmen bläulich im leichten Dunst, die Berge lassen sich nur als Schemen ahnen. Auf dem sanft geneigten Hang vor mir, hinter den grünen Weiden, auf denen ungezählt wohl mehr als ein Dutzend Kühe geruhsam unterwegs sind, hat der Indianerclub aus der Kreisstadt sein Lager aufgeschlagen. Ich habe davon gehört, bin den Tipis bisher allerdings nicht nahe gekommen. Zwischen den Zelten und einem Planwagen bewegen sich Mitglieder des Stammes.

Mit meiner Schleuder war ich in den Wäldern unterwegs gewesen, inzwischen mehr als zufrieden mit meiner Geschicklichkeit. Spielt mir meine Erinnerung nicht einen Streich, bin ich heute im Vergleich zu Internatszeiten nicht schlechter. Die Zwille ist in meiner Hand eine Waffe, wieder, sogar eine tödliche, ganz sicher.

Ich folge dem Wiesenweg am Waldrand entlang, auf das Lager zu. Auf einmal legt sich leicht eine Hand auf meine Schulter. Ich wende meinen Kopf, blicke einem Indianer mit blauem Kopfband, in dem hinten zwei Federn stecken, ins Gesicht.

Trifft man sich im Wilden Westen, bleiben die Gesichter ernst, unbewegt.

Der weiße Bruder wirke gar nicht erschrocken! Obwohl Falkenfeder doch so lautlos an ihn herangeschlichen sei oder nicht?

Mein Name sei Old Shatterhand und ich hätte meinen roten Bruder erwartet.

Jetzt zeigt der Indianer Emotionen, denn seine Augen blitzen mich amüsiert an.

Seine Wangen sind mit wenigen farbigen Strichen bemalt. Friedensfarben, wie ich höre. Falkenfeders kariertes Baumwollhemd ist bis zur Brust aufgeknöpft, um seinen Hals hängen mehrere Amulette, die auf den dichten, dunklen Brusthaaren liegen. Um die Hüfte trägt er eine grob gewebte dünne Decke, aus der die Griffe zweier Messer herausschauen. Die Decke wird von einem schwarzen Gürtel gehalten. Seine eng anliegende Hose und seine Mokassins sind aus Leder.

Wir stehen am Rand der Wiese, sehen zu den Tipis hinüber und unterhalten uns.

Falkenfeder stellt mir den Club vor, der annähernd ein halbes Hundert aktive Stammesangehörige zählt. Nicht wenige von ihnen fühlen sich nicht nur wie welche, sie sind auch in ihrem Alltag Indianer.

In unserer verrückten, oft total durchgeknallten Welt fallen weiße Indianer kaum auf, sagt Falkenfeder. Macht denn nicht jeder, was er will, versucht nach eigener Fasson sein Leben zu meistern?

Ich offenbare dem roten Philosophen, dass ich seit einiger Zeit ein Karl-May-Leser bin, was ihm außerordentlich gut gefällt. Und uns sogleich ein neues Thema liefert.

Da ich mit Alexander zum Segeln verabredet bin, verabschiede ich mich nach einem Plauderviertelstündchen mit einem völlig unindianischen Händedruck von Falkenfeder, verspreche dem roten Bruder, mich mal wieder sehen zu lassen.

Kaum bin ich im Wald, in Richtung Kloster unterwegs, da tritt vor mir Lancelot aus einem Pfad heraus auf den Weg.

Diese Begegnung kann nur ein Zufall sein, denn er wird mir wohl kaum aufgelauert haben wie ein Wegelagerer. Er hat seine Kamera umhängen; war unterwegs auf Motivjagd.

Ich bleibe stehen und sehe ihn mit einem leisen, dennoch herausfordernden Lächeln an.

Seine Augen werden dunkel vor Wut, die Lippen schmal.

Er wird mich doch nicht verprügeln wollen? Wäre mal was Neues, wird ja auch allmählich eintönig mit diesem Tunichtgut. Wird er was sagen oder springt er gleich zurück in den Wald?

Nein, Lancelot weicht nicht, kommt mir sogar noch näher, droht ganz unverhohlen mit intimen Fotos, die er gemacht haben will, so lächerliche Schnappschüsse, die ich bestimmt nicht bei Facebook sehen möchte, und nennt mich mehrfach frech Petermann, der ungehobelte dumme Junge.

Was nur mag ihn treiben? Ich weiß es nicht. Sieht er seine Felle davonschwimmen? Warum sonst kommt er mit solch kruden Behauptungen daher? Ist ihm auf die Schnelle hier auf dem Waldweg nichts Besseres eingefallen?

Mir ist nach Lachen, was ich kaum verbeißen kann, was er auch gerne erkennen soll. Und es wirkt fast augenblicklich.

Sichtlich nervös trippelt er von einem Fuß auf den anderen. Piesackt ihn seine Blase?

Mir würden die Tränen kommen, stelle er die Fotos ins Netz, knurrt er böse.

Damit wäre dann seine Geldforderung hinfällig, lache ich ihn an.

Wie als hätte ich ihm vor den Kopf geschlagen, glotzt er mich stumm an. Mit dieser Folgerung auf seine neue Drohung hat er nicht gerechnet.

Ich gehe ruhig an ihm vorbei, setze meinen Weg nach Hause, wo Alexander wartet, ungerührt fort.

Petermann, ruft er mir nach. Mehr kommt nicht.

Ich schaue mich natürlich nicht um.

Die Goldene Stadt

32

Um das Buch an seine wahren Besitzer zu übergeben, reisen Magdalena und ich nach Prag. Um möglichst unauffällig zu bleiben, dem Besuch keinen besonderen Stellenwert zu geben, fliegen wir mit einer Linienmaschine. Das wertvolle Gut, das ich bisher selbst nicht zu Gesicht bekommen habe, befindet sich nicht in unserem Gepäck, selbstverständlich nicht. Ich habe für den Transport, und was unmittelbar damit in Verbindung steht, die Security-Division von »Pythagoras« in Anspruch genommen. Über die konzerninternen Kanäle wurde das wertvolle Objekt von London zur Niederlassung in Prag gebracht. Der Lord hatte die Kontakte in die Goldene Stadt hergestellt. Und so sind für die Übergabe alle Vorbereitungen getroffen.

Wir werden am Flughafen von einem Wagen abgeholt, der uns ins »Hilton« bringt.

Eine gute Weile später sind wir zu Fuß unterwegs in die nahe Innenstadt. Ein paar Minuten vom Platz der Republik entfernt befindet sich die »Pythagoras«-Niederlassung, deren Leiter ich noch persönlich kenne.

In dessen Büro, bei einer Tasse Kaffee, Prager Kaffee, wie betont wird, darf ich zum ersten Mal das wertvolle Objekt in Augenschein nehmen. Doch auch jetzt nur wieder fast, denn der kleine silberne Koffer enthält einen luftdicht verschlossenen Beutel, der das Buch enthält, enthalten soll.

Da der Kontakt erst in zwei Stunden vereinbart ist, wollen wir die Zeit nutzen, um durch die Altstadt, den 1. Bezirk, zu bummeln. Wie ich das kundtue, schüttelt mein Gegenüber mit nur angedeutetem Lächeln den Kopf. In der Stadt grummele es, was unmittelbar mit dem Inhalt des Koffers zu tun habe. Die Inkunabel sei begehrt, nicht nur von jenen, denen sie zustehe, auch einige andere gierige Hände streckten sich danach aus. Er könne es nicht verantworten, uns alleine losziehen zu lassen, habe darum vorgesorgt. Da mir solche Vorsichtsmaßnahmen nicht fremd sind, allerdings bereits einige Jahre zurückliegen, lege ich keinen Einspruch ein. Wir werden kaum etwas von unseren Beschützern bemerken, falls wir sie denn überhaupt sehen.

Und so ist es dann auch. Nur weil ich weiß, dass wir von vier Bodyguards begleitet werden, meine ich, mal einen vor uns, mal hinter, dann wieder vor uns auszumachen. Magdalena tut ganz so, als sei das alles ganz normal, doch für sie ist das wahnsinnig spannend. Es kann aber auch schnell ganz real gefährlich werden, denke, aber sage ich nicht.

Wir kommen zum Wenzelsplatz, gehen hinüber zum Altstädter Ring, weiter zur Karlsbrücke, die wie immer von Menschenströmen geflutet ist, sehen von dort hinüber zur Prager Burg mit dem Veitsdom. Ich spiele für Magdalena den Fremdenführer, erzähle ihr über die Stadt, was ich weiß.

Während wir eng beieinander auf der Brücke stehen, auf das dunkle Wasser der Moldau hinuntersehen, erzähle ich Magdalena von dem Buch.

Das Werk aus der Frühzeit der Buchdruckerkunst ist für die jüdische Gemeinde von Prag ein unersetzlicher Schatz. Das Buch ist ein geheimes Symbol der Macht. Derjenige, in dessen Besitz es sich befindet, steht unter dem Schutz der Worte. Die Nazis ließen während der Besatzung nichts unversucht, an das Buch zu kommen. Jahre später, kurz vor dem Prager Frühling, waren es dunkle, gesichtslose Kreise aus der kommunistischen Führung, die es unbedingt haben wollten. In letzter Minute trennte sich die Gemeinde von ihrem unschätzbaren Besitz, ließ die Inkunabel nach Österreich bringen. Dort, in Salzburg, nahm es der zu dieser Zeit bereits international bekannte und anerkannte Philosoph Samuel Attendorn in seine Obhut und brachte es bei seiner Familie in England in Sicherheit. Nun wollte die Prager Gemeinde ihren Schatz zurück. Aus mir nicht bekannten Gründen hatte sie den unbedingten Wunsch, sich in den Schutz dieses Buches zu stellen. Nur, Samuel blieb keine Zeit mehr, alles sicher in die Wege zu leiten.

Deswegen sind wir in der Goldenen Stadt.

Nur wenige Minuten vor der vereinbarten Zeit kommen wir bei dem historischen Brauereirestaurant »U Fleků« an. Einer unserer Begleiter betritt uns voran das Gebäude. Für uns gibt es einen freien Tisch in einer Ecke der großen Gaststube. Am Nebentisch nehmen zwei unserer Beschützer Platz. Wir bestellen bei der Bedienung dunkles Bier. Kurz darauf bringt er die Gläser, beugt sich vor, fragt mich, ob er mich zu jemandem führen dürfe, der auf mich warte. Ich zögere nicht, erhebe mich, folge dem Mann hinaus in den hohen Flur, nach hinten und durch eine Tür in den Innenhof.

Und dort werde ich von einem Mann erwartet, den ich im fernen Australien wähne. Der Musikproduzent Michael Hammer hatte mir von Jürgen erzählt, das war gar nicht so lange her, bei einem Treffen am Chiemsee. Jürgen sei nach Queensland und dort offenbar verschollen, jedenfalls gäbe es kein Lebenszeichen von ihm. Wir waren früher, in einer ganz anderen Zeit, bei der Bundeswehr Kameraden einer Kampfschwimmergruppe.

Wir stehen uns für Sekunden stumm gegenüber, grinsen uns dann synchron an, machen einen Schritt aufeinander zu, umarmen uns, klopfen beide den jeweils anderen Rücken. Zu vielen Worten haben wir keine Zeit. Nur so viel, dass Jürgen jetzt František heißt. Und mich bittet, die vereinbarten Fragen und Antworten auszutauschen, als Sicherheitscode.

Alle Vereinbarungen seien Makulatur, sagt mein früherer Kamerad. Ein regelrechter Krieg wäre um das Buch entbrannt. So sei der Plan geändert worden. Morgen Früh, auf die Minute um zehn vor neun, warte er mit einem Wagen vor unserem Hotel, um uns zum Flughafen zu bringen. Im Auto würde er das Buch in Empfang nehmen.

Wodurch Jürgen-František legitimiert sei? Laufe da ein Krieg ab, könnte er ja ebenso auf der Gegenseite stehen.

Jürgen lacht. Ich sei damals schon ein Kamerad gewesen, der keinem anderen vertraute. Er erinnere sich doch richtig? Doch, das habe auch seine guten Seiten. Ich würde später die Bestätigung erhalten, dass er zu den Guten gehöre.

Gleich darauf gehe ich zurück in den Flur, während Jürgen auf der anderen Seite des Hofes in einem dunklen Winkel unsichtbar wird. Ich werde gleich hinter der Tür erwartet und mir wird gesagt, draußen auf der Straße warte der Wagen, um uns auf direktem Weg zum Hotel zu bringen. Also wird es nichts mit dem dunklen Bier.

Mozarts Reise nach Prag sei sicher weniger aufregend gewesen, sagt Magdalena unterwegs. Sie finde das sehr spannend, wenn auch keineswegs beunruhigend, mehr ein Abenteuer, solange ich mich an ihrer Seite befände. Natürlich erzähle ich ihr nicht in Einzelheiten, was Jürgen mir gesagt hat, das konnte ich später auch noch zu Hause in Kimmling nachholen.

Von der Rezeption her erreicht mich ein Handzeichen. Ich trete mit Magdalena näher, geleitet von unseren Schatten, werde diskret auf einen weißhaarigen Mann aufmerksam gemacht, der in einem Sessel in der Lobby, seitlich des Zugangs zur Bar, sitzt.

Wir treten vom Empfang zurück. Einer unserer Begleiter geht hinüber zu dem Mann, spricht mit ihm. Kommt zurück.

Der Herr sei das Oberhaupt der Jüdischen Gemeinde von Prag.

Das ist nun tatsächlich erstaunlich. Solch ein Kontakt war nicht vorgesehen. Dass der Repräsentant der Gemeinde in unser Hotel kommt, zeigt, dass die Situation ziemlich aus dem Ruder gelaufen zu sein scheint.

Ich werde mit ihm sprechen. Magdalena fährt hoch in unsere Suite.

Der Mann erhebt sich in dem Moment, in dem ich herantrete. Wir verbeugen uns leicht voreinander. Sein Name sei Ruben Elkan sagt er in gepflegtem Hochdeutsch, ohne jeglichen Akzent. Ob wir miteinander reden könnten?

Ich nehme ihm gegenüber Platz. Er rückt mit seinem Sessel näher. Für einen Beobachter muss unser Gespräch aussehen, als steckten wir die Köpfe zusammen. Er spricht leise, fast flüstert er, artikuliert dabei ganz deutlich.

Mit einem kräftigen Händedruck und einem Lächeln trennen wir uns nach gut zehn Minuten. Ich habe neue Einzelheiten über das geheimnisvolle Buch, das den Namen *Sprüche des Rabbi* trägt, erfahren, und von der außerordentlichen Wichtigkeit für alle Prager Juden. Und ich habe nicht mehr den geringsten Zweifel, dass Jürgen derjenige ist, dem ich den Koffer mit dem Buch geben kann. Jürgen ist für die Sicherheit der Gemeinde zuständig.

Ich sehe Herrn Elkan nach, fahre dann in Begleitung eines Schattens nach oben.

Magdalena und ich liegen nebeneinander auf dem breiten Bett, erfreuen uns an dem Blick durch die großen Fenster über die Altstadt, besprechen die Lage. Gerade haben wir beschlossen, zum Essen nicht ins Restaurant zu gehen, sondern es uns bringen zu lassen, ebenso das Frühstück morgen, da meldet sich das Telefon drüben auf dem nachempfundenen Jugendstilschreibtisch.

Einer der Bodyguards, der Einzige, der wirklich gut Deutsch und auch Englisch spricht, sagt, ich hätte eine Einladung erhalten, der ich folgen müsse, nur ich alleine. Ein Kollege bliebe bei meiner Begleiterin, er und die anderen beiden würden für meine Sicherheit sorgen. In einer halben Stunde werde er an die Tür klopfen.

Diese Entwicklung passt mir nun ganz und gar nicht. Wessen Einladung kann ich nicht ablehnen, muss ich Folge leisten? Mich lässt das alles völlig kalt, aber ich mache mir Sorgen um Magdalena. Über mein Smartphone rufe ich Zemanek, den Prager Leiter von »Pythagoras« an, der sofort bereit ist, ins »Hilton« zu kommen, bei Magdalena zu bleiben und, falls die Situation es erfordert, geeignete Maßnahmen zu treffen.

Kurz bevor ich die Suite verlasse, trifft Zemanek ein. Magdalena zwinkert mir zum Abschied zu. Sie ist tapfer, meine Herzensdame. Ich zwinkere zurück und gehe.

Inzwischen habe ich eine vage Vorstellung, wer die unbedingte Einladung ausgesprochen haben könnte. Eine knappe Viertelstunde später habe ich keine Zweifel mehr. Die Fahrt mit dem Wagen zur Schiffsanlegestelle an der Moldau dauert länger, als wir zu Fuß gebraucht hätten.

Einer der Männer vor mir, zwei hinter mir, gehen wir über den schmalen Steg auf das Schiff, das sofort, nachdem wir an Bord sind, ablegt.

In der großen Fahrgastkabine ist Musik zu hören: *Die Moldau* von Friedrich Smetana. Ich lächle, wäre zu schön, sich jetzt diesem unschuldigen, reinen Kunstgenuss hinzugeben. Die Szene ist zu schmalzig, um nicht inszeniert zu sein. Ich kenne den Regisseur.

An einem Tisch am Fenster lehnt ein Mann, den ich sofort erkenne. Unsere Bekanntschaft besteht schon, ja es ist tatsächlich so, seit Jahrzehnten. Ich hege keinerlei Sympathie für ihn, ist er doch ein Mann, der über Leichen geht, nicht aus persönlichen, nicht mal aus ideologischen, sondern allein aus pragmatischen Gründen. Er stammt aus altem Adel, wurde mir mal vor vielen Jahren gesagt. Die damalige kommunistische Regierung nahm mit »Pythagoras« Kontakt auf, und er war es, den ich seither nur unter dem Pseudonym Kafka (wie fantasievoll!) kenne, der die entscheidenden Gespräche führte. Anfang der Neunzigerjahre wollte der tschechische Staat die Zusammenarbeit ausbauen, was dann zu einer Niederlassung von »Pythagoras« in Prag führte. Wieder war mein Gegenüber bei den Verhandlungen Kafka.

Als »Pythagoras« sich ernsthaft mit dem Gedanken befasste, in Prag ein Büro zu etablieren, ließ ich auch den Spuren Kafkas nachforschen. Viel war nicht zu erfahren, nur, dass er der sehr alten, ehemals sehr einflussreichen Familie Slawata entstammte.

Mit ausgestreckter Hand kommt er auf mich zu.

Kafka ist ein auf den ersten Blick unscheinbarer Mann, so zurückgenommen, dass er zwei Mal in einen Raum kommen muss, um überhaupt wahrgenommen zu werden. Seine kalten grauen Augen und seine gefährlich sanfte Stimme offenbaren seine wahre Persönlichkeit. Er ist, wie früher auch, heute noch ganz sicher ein Mitglied des Geheimdienstes, und zwar kein unbedeutendes. Wir sind miteinander ausgekommen, weil bei allen unseren Themen das Gefühl nie auch nur die geringste Rolle gespielt hatte. Wir begegneten uns nie auf der menschlichen Schiene, immer nur auf der kalt geschäftlichen.

Er lädt mich ein, Platz zu nehmen. Das Boot fährt auf eine Brücke zu, die nicht die Karlsbrücke ist. Wir sitzen gegenüber an einem Tisch, schweigen. Wird er mir zu trinken anbieten? Hinter der Bar lehnt ein Mann, der betont nicht zu uns herüber sieht. Sicher einer seiner Leute. Meine Begleiter sitzen an einem Tisch auf der anderen Seite des Raumes.

Ob ich noch immer gerne dunkles tschechisches Bier trinke, will Kafka wissen.

Danke. Gerne.

Von Kafka ein Handzeichen hinüber zur Theke. Bis wir beide ein Glas dunkles Bier vor uns haben, fällt kein Wort. Wir sehen zum Fenster hinaus, der eine rechts, der andere links. Fast gleichzeitig greifen wir nach den Gläsern, heben sie an, sehen uns in die Augen, nur einen Wimpernschlag lang, und trinken.

Weshalb ich in Prag sei?

Um die schöne Stadt zu besuchen.

Ich würde doch Prag kennen.

Meine Partnerin kenne Prag nicht.

Er könne mir sagen, warum ich in Wahrheit hier sei.

Darauf wäre ich jetzt aber gespannt.

Wegen einem Buch.

Was für ein Buch?

Den *Sprüchen des Rabbi.*

Was sei das für ein Buch?

Er bitte mich, ihn nicht auf den Arm nehmen zu wollen. Er würde ganz offen sprechen, damit keine Unklarheiten zwischen uns aufkämen. Er wolle dieses Buch haben.

Ich lächle ihn süffisant an. Dagegen hätte ich keine Einwände, da mir das Buch nichts sage, ich es nicht kenne, auch nie davon gehört habe.

Ich trinke noch einen Schluck Bier, da ich weiß, dass unser Treffen gleich zu Ende sein wird. Das Schiff nähert sich wieder der Anlegestelle.

Verlasse Herr Doktor Petermann Prag wieder, müsse das Buch in seinen Händen sei. Ob ich verstehe?

Eisiges Lächeln. Von beiden Seiten.

Das feine Gespinst der Lügen

33

Gerade noch hat es kräftig geregnet.

Leander Mendel steht unter dem letzten Baum der Buchenallee zum Kloster. Ich lasse meinen Wagen wenige Schritte vor ihm ausrollen, steige aus.

Wir reichen uns die Hände.

Einen Moment sehen wir hinüber zum See und zu den Windrädern auf der Höhe von Steinkirchen.

Mendel dankt mir, dass ich gekommen bin.

Vor ungefähr zwei Stunden hat er mich angerufen und gebeten, zum Kloster zu kommen. Es gehe um Ben, um Tulipan.

Da das berühmte Sorgenkind das Thema sein sollte, konnte ich natürlich nicht umhin, seinem Wunsch zu folgen.

Zu meiner stillen Überraschung führt mich Mendel über den Innenhof zur Kapelle. Wir betreten das kleine Gotteshaus. Eine wahre Perle wieder, seit es restauriert ist. Die meisterhaften Stuckarbeiten des Altarraumes, der Kanzel, die Deckenzierwerke strahlen wie neu, erfreuen jedes Auge, das sich an sakraler

Kunst erfreuen kann. Vor einer Nische bleibt er stehen. Hier hat Korbinians Nepomuk, die Holzskulptur des Heiligen, den mein Freund dem Kloster schenkte, seinen Platz.

Ich stelle mir die Frage, weshalb mich Mendel gerade hierher führt und in welchem Zusammenhang die Figur mit Tulipan steht. Der Künstler ist nun mal Korbinian. Ich habe die Entstehung in allen Phasen verfolgen können. Zu gerne hätte ich den Nepomuk bei mir zu Hause stehen.

Eine wunderbare Arbeit, lobt Mendel. Er komme immer wieder her, um sie sich anzusehen.

Was habe er mit Holzbildhauerei zu tun?

Auch er sei Holzbildhauer. Habe nur herzlich wenig Gelegenheit dazu.

Würde er mir verraten, aus welchem Grunde wir hier ständen und Korbinians Arbeit bewunderten?

Er schaut mich ernst an. Seit Tagen verfolge ihn jede Nacht ein Traum, in dem eine vermummte Gestalt diese gewisse Frau, ich wisse schon, wen er meine, erstickt. Und dann gebe sich auf einmal der Täter zu erkennen. Höhnisch grinse ihn Ben an.

Nur ein Traum, Herr Mendel, sage ich. Er solle ihn nicht zu hoch hängen. Es wäre alleine die Angst um den Freund. Zudem: Frau Reimann sei nicht erdrosselt worden.

Wirklich nur ein Traum? Da sei er eben skeptisch. Er gebe mir recht, das Unterbewusstsein melde sich da zu Wort.

Um ihm was zu sagen?

Dass Ben womöglich doch getan habe, was man ihm vorwerfe.

Traue er es seinem Freund wirklich zu?

Mendel seufzt auf. Er wisse es nicht, sei unsicher, ob er für Ben noch die Hand ins Feuer legen könne?

Er berührt mit den Fingerspitzen meinen Arm. Könnten wir in sein Atelier gehen?

Das Atelier ist aus mehreren der ehemaligen dreißig Mönchszellen entstanden. Zwei breite raumhohe Fenster gehen nach Süden und lassen das Licht regelrecht hereinfluten. Ich sehe eine Ahnung von Dunst, einen weißen Schleier vom See heraufziehen. Mitten im Atelier steht ein schwarzer Flügel. Zu den Fenstern hin liegt eine Holzplatte auf zwei Böcken, ist mit Papieren bedeckt, die mit glatten Steinen beschwert sind, und mehrere Schachteln mit Stiften sind darauf verteilt. Eine Staffelei ist mit einem weißen Tuch abgedeckt. Mendel ist demnach auch Maler. Auf einem Beistelltisch liegen geordnet Werkzeuge eines Holzschneiders, wie ich sie aus Korbinians Werkstatt kenne. Rechts der Tür steht ein schwarzer Schwedenofen. Davor zwei Sofas vor einem niedrigen Holztisch. Was mir ins Auge fällt, sind die völlig leeren weißen Wände.

Mendel lässt mir Zeit, mich umzusehen. Er steht derweil mit auf dem Rücken verschränkten Händen am Fenster.

Ich trete neben ihn, sehe sein Lächeln wie in trockenem Sand versickern.

Herr Doktor Petermann, sagt Mendel betont langsam. Er möchte sich nicht irgendwann den Vorwurf machen, nicht alles versucht zu haben, um Ben zu helfen. Allein darum hätten Hanna und er beschlossen, mich in die gewiss nicht alltägliche Geschichte Tulipans einzuweihen. Dabei gingen sie von der vorauseilenden Gewissheit auf mein Verständnis aus sowie der gesteigerten Hoffnung auf meine Mithilfe, Ben aus dieser momentan sehr schwierigen Situation zu holen.

Er schenke mir damit viel Vertrauen, sage ich, wofür ich ihm danke, komme ihm damit schon entgegen, ohne eigentlich zu wissen, worauf er eigentlich zusteuert. Was verspräche er sich von mir, frage ich Mendel.

Er wisse, ich könne in der Schweiz auf beste Verbindungen zurückgreifen. Die richtigen für Ben zu aktivieren, darum bitte er.

Meine Miene drückt Heiterkeit aus und ich sage Mendel, auch ich sei nun mal kein Zauberer. Nein, er brauche keine

Überzeugungsarbeit bei mir zu leisten, müsse mich nicht überreden, Tulipan beizustehen. Ich wolle ihm gerne verraten, dass ich längst dabei sei, das Feld zu bestellen.

Mendels Miene verliert sichtbar ihre innere Anspannung.

Ich wende mich dem Arbeitstisch zu, auf dem ich eine Reihe von Kohleskizzen habe liegen sehen, die ich genauer betrachten möchte. Irgendwie sind die flüchtigen Zeichnungen faszinierend, aber ich kann sie nicht einordnen, verstehe nicht, noch nicht, was ich da sehe.

Mendel steht in der Nähe. Auf seinem Gesicht liegt ein unergründlicher Ausdruck.

Er habe einen Jugendfreund eingeladen, sagt er, und würde nun gehen, um ihn zu holen.

Ich stehe vor der Staffelei, habe das weiße Tuch nicht angehoben. Was mag es verdecken? Ein abenteuerlicher Gedanke war in mir erwacht, während ich die Skizzen betrachtete.

Die Tür wird geöffnet. Hinter Hanna betritt ein mir unbekannter Mann, wohl der Jugendfreund, das Atelier, und zuletzt dann Mendel.

Der Mann hat ein rundes Gesicht, was die Halbglatze betont, ist recht füllig, was ihn älter erscheinen lässt als Mendel.

Hanna kommt zu mir und nachdem wir uns begrüßt haben, sagt sie, Leander hätte mir bestimmt nichts zu trinken angeboten.

Ich bitte um ein Glas stilles Wasser.

Nur kurz verlässt sie das Atelier, kehrt mit einem gefüllten Glas zurück, reicht es mir.

In der Zwischenzeit hat Mendel mir Holger Möbius, Studienrat für Deutsch und Englisch, der äußerlich ganz dem Bild eines Beamten entspricht, vorgestellt. Wie sie sich ansehen, dabei kleine Spitzen zuwerfen, dieser leise, aber immer wohlwollende Spott, zeigt mir, dass sie sind, was sie vorgeben zu sein, nämlich Freunde.

Hanna schenkt Rotwein ein in die drei Gläser, die auf dem Tisch zwischen den Sofas stehen.

Mendel und ich sitzen Hanna und Möbius gegenüber.

Holger und er, so beginnt Mendel, schaut dabei zwischen Möbius und mir hin und her, sie beide seien von der Grundschule bis zum Abitur in die gleiche Klasse gegangen.

Möbius lacht, winkt ab. Das habe doch für Leander überhaupt keine Bedeutung gehabt. Sein Großvater sei der Wegweiser gewesen, der eigentliche Weichensteller. Möbius wendet sich mir zu. Sein Opa hätte den Weg des Freundes vorbestimmt. Möbius hebt sein Glas, trinkt Mendel zu, der einen melancholischen Gesichtsausdruck zur Schau stellt.

Irgendwie wabern unausgesprochene Erinnerungen durch das Atelier.

Nicht allein der Leimgeruch machte die Schreinerwerkstatt des Opas zu einem für die Jungen anziehenden, für Leander gar zu einem magischen Ort. Hier lernten sie die ersten Geheimnisse des Schnitzens kennen, und nachdem nur noch Leander von der Werkstatt fasziniert war, zeigte ihm der Opa, wie ein Holzbildhauer arbeitet.

Mendel schüttelt den Kopf, weshalb vermag ich nicht zu sagen, erhebt sich dann, geht hinüber zum Flügel, rückt den Hocker zurecht und beginnt zu spielen.

Schubert.

Noch scheinen die Töne durch den Raum zu schweben, schon werfen sich Mendel und Möbius erneut Stichworte wie Bälle zu, zu Kürzeln geschrumpfte Anekdoten, verdichtete kleine Szenen aus ihrer Jugend, alles honigfarben wie alter Sauternes.

Mendel geht vom Flügel zu einem Wandschrank, dem er eine kleine, helle Zigarrenkiste entnimmt, sie in die Runde hält. Möbius wie auch Mendel selbst greifen zu.

Das Ritual des Anzündens verläuft schweigend. Unter dem Sofa, auf dem er sitzt, zieht Mendel einen großen Aschenbecher hervor und stellt ihn auf den Tisch. Die beiden Männer setzen die Erzählung fort, wechseln sich dabei ab, was mir irgendwie die Vermutung eingibt, sie hätten vorher abgesprochen, was sie da spielen.

Also: Während Leander und Holger fleißig mit dem Schnitzmesser zugange waren, hatte Ben sich längst ausgeklinkt. Der verwöhnte Bengel konnte sich von nichts lange gefangen nehmen lassen. Im Grunde genommen interessierte Ben sich für nichts wirklich. Ständig neue Anreize mussten ihn aus seiner Lethargie holen, immer war er auf der Suche nach irgendeinem bunt lockenden, schillernden Hirngespinst.

Die Abwesenheit Bens machte ihnen nichts aus, sagt Möbius. Genau genommen hatten sie, nicht mal in der Schule, unbedingt viel miteinander am Hut. Die Freundschaft mit Ben war nie eng, verdiente gar nicht diesen Namen.

Ben war auf intensivere Beziehungen wenig erpicht, ergänzt Mendel, stößt dicke Tabakwolken in Richtung Raumdecke aus. Zur gegebenen Zeit holte er sich den Zipfel Freundschaft, von dem er überzeugt war, ihn beanspruchen zu dürfen.

So wie während der Tage, in denen Tulipan geboren wurde, wirft Hanna ein.

Möbius und Mendel sehen sie an. Mendels Blick erscheint mir merkwürdig nachdenklich, fast entrückt.

Ben sei da gerade aus der Gosse gestiegen, sagt Möbius.

Er wäre bei ihm vor der Tür gestanden, erzählt Mendel, abgerissen wie ein Schiffbrüchiger, der sich gerade eben noch an das Ufer gerettet habe. Nachdem er wieder bei sich gewesen sei, hätte er sich sein ganzes Elend von der Seele gejammert. Bettelte unter Tränen um Mendels Freundeshand. Der Moment seiner Schuld war der, in dem er ihm tatsächlich diese Hand reichte. Aber genau das sei der Punkt gewesen, auf den er lange gewartet habe, nicht Ben, sondern die Situation habe ihn gelockt, die Chance, endlich in die Tat umzusetzen, was er sich schon lange in jeder Einzelheit ausgemalt hatte. Es sei dann doch ein spontaner Entschluss gewesen, zuzupacken. Nach ein paar Tagen, als Ben wieder besser drauf, doch noch nicht so ganz bei Sinnen gewesen wäre, da sei der richtige Augenblick gekommen. Er malte ihm zunächst mit Worten ein lockeres Bild, hielt ihm den goldenen Köder verlockend unter die Nase. Und wie nicht anders erwartet, griff Ben zu. Ohne lange Bedenken. Und natürlich ebnete Mendel ihm den Weg. Ebenfalls ohne Bedenken. Nachdem Ben von Professor Eckert mit *Meister* angesprochen worden sei, Eckerts Tochter ihm den Künstlernamen Tulipan wie einen Königshermelin um die Schulter legte, da fiel die Tür hinter ihm zu und er habe sich freiwillig in den Käfig eingeschlossen.

Mendel und Möbius lassen fast synchron Rauch in die Luft steigen. Hanna lächelt versonnen vor sich hin.

Was war das denn für eine Geschichte? Sollte ich sie schlucken? Einfach so?

Möbius steht auf und öffnet das Fenster, um die grauen Rauchschwaden ins Freie ziehen zu lassen.

Ich sehe mir die drei an: Hanna, Möbius und neben mir Mendel. Eine Schauspieltruppe? Nur, was für ein Stück führen sie mir da vor? Welchen Zweck verfolgen sie damit? Das sind nur rhetorische Fragen, die mir durch den Kopf schweben, denn ich weiß es ja längst.

Sie lassen mir Zeit, um den starken Tobak zu schlucken, den sie mir dargereicht haben. Die zunächst konfuse Geschichte hat Konturen bekommen. Ich kann auch sagen, mir ist ein Licht aufgegangen. Sofern richtig ist, was ich mir zusammenreime, dann ist Hanna die Tochter von Professor Eckert, des ersten Förderers von Tulipans Kunst. Und Tulipans ausführende Hand ist Leander Mendel, war es all die Jahre.

Ich sehe Hanna an, deren Lippen sich bewegen, höre zu, was sie sagt.

Es sei bewunderungswürdig, mit welch einer schlafwandlerischen Sicherheit Ben sich die ganze Zeit auf dem schmalen Grat des Ruhms bewegte.

Ihre Worte sind mehr ein sinnierendes Erinnern.

Möbius hält den Rest seiner Zigarre vor sich in die Luft, betrachtet sie mit einem skeptischen Gesichtsausdruck.

Spielte Ben nicht ständig, sagt er, und nur zu gerne mit dem Feuer? Wickelte spaßig die Damenwelt um den Finger, lockte und schmeichelte ihnen mit dem Versprechen, sie in sein Skizzenbuch, das er immer mit sich herumtrug, aufzunehmen.

Möbius lacht fröhlich. In dieses Buch hätte jeder und jede nur zu gerne einen Blick geworfen. Doch es wäre eine Enttäuschung gewesen, denn das Buch bestand ja zum großen Teil nur aus leeren Blättern.

Mendel schüttelt, wie ungläubig, verwundert den Kopf. Für ihn kommt einem Wunder gleich, dass Tulipan zumeist eine geschmeidige Intelligenz ausgezeichnete, die Ben hingegen total abging; Ben sei immer nur ein Trottel gewesen.

Mendels Stimme ist im Moment schneidend, wenn auch leise.

Ich melde mich zum ersten Mal zu Wort.

Nur um wirklich nichts falsch verstanden zu haben: Ben stellte Tulipan nur dar, sage ich, war folglich nicht der geniale Maler. Richtig?

Ich sehe bei der letzten Frage Mendel an. In seinen Augen meine ich, ein schelmisches Funkeln zu erkennen. Er weiß, dass ich weiß. Sie haben es mir doch quasi mit dem Holzhammer vor die Stirn gehauen.

Warum dieses Spiel, das hohe Risiko, will ich wissen.

Mendel bricht den Blickkontakt ab, geht zum Flügel, spielt, den Zigarrenstummel zwischen den Zähnen, Jacques Offenbachs *Barcarole* aus »Hoffmanns Erzählungen«.

Die Musik verklingt, Mendel dreht sich auf dem Stuhl, schaut mich an.

Ob ich wisse, was eine Höllenangst sei? Die habe er vor dem Ruhm. Er hatte keinen Zweifel an der Wirkung seiner Bilder, nie, in der Helligkeit einer Vision wäre ihm der Furor des Erfolges vor Augen gestellt worden. Er habe immer Künstler sein wollen, nicht der Hanswurst für die Öffentlichkeit.

Den Hanswurst machte also Ben für ihn. Fakt, keine Frage. Mit langsamem Auf und Ab seiner Augenlider stimmt Mendel mir zu.

Dann einen Moment Schweigen, bis Hanna sagt: Die Journalistin Reimann sei die Erste gewesen, die Leander auf den Kopf zusagte, er sei Tulipan. Damit begann die Scharade, sich ihrem Ende zuzuneigen.

Mendel legt den Stummel in den Aschenbecher. Er habe Ben auf diesen Weg gestellt, stimmt. Doch Ben hatte viele sehr gute Jahre. Das härene Hemd eines Büßers ziehe er sich ganz gewiss nicht über.

Schweigen. Auf einmal wird es zu einer lastenden Stille.

Klar: Sie warten auf das Urteil, mein Urteil. Sie wissen es nicht, können es nicht wissen, dass ich für einen Richter wahrlich nicht der geeignete Kandidat bin. Mir gefällt die Geschichte, die sie eine Scharade nennen, so einfach ist das. Wäre da nur nicht dieses tragische Ende.

Ich danke für das große Vertrauen, das sie mir geschenkt haben, sehe es als eine besondere Ehre an. Aber ich sei nun mal nicht derjenige, der moralisch werten könne, es gar nicht dürfe. Selbstverständlich würde ich schweigen und ich verspräche, mein Möglichstes zu tun, um ihrem Freund aus der Patsche zu helfen, sei ja ohnehin längst dabei.

Schweigen.

Das verschwundene zweite Buch

34

Peter Brock kenne ich schon lange, noch aus seiner Zeit als Sonderkorrespondent beim Bayerischen Rundfunk, bevor er in die Wirtschaftsredaktion der *Süddeutschen Zeitung* wechselte. Er war immer fair, hielt sich stets penibel an Absprachen, ansonsten hätte er auch kein Wort von mir gehört, keinen Zugang zu »Pythagoras« erhalten.

Ich habe immer Vorsicht walten lassen gegenüber Journalisten. War ein Termin mit der Presse nicht zu umgehen, wurden nur handverlesene Redakteure geladen und ich habe mich bei den Gesprächen stets an meine eigenen Vorgaben gehalten, mit meiner Wortwahl sehr vorsichtig, auf keinen Fall mehrdeutig zu sein, um mich und die Wahrheit geschmeidig dahinter verstecken zu können.

Als mein Partner Rainer Fall »Pythagoras« den Rücken kehrte, hat Brock die Situation kompetent und unaufgeregt begleitet. Er war einer der wenigen Journalisten, die ich überhaupt je in meinem Büro empfangen habe, die bis zu mir vordringen durften. Den potenziellen Feind, die Presse, vor allem die nur sogenannte *liberale*, die an »Pythagoras« zu oft kein gutes Haar ließ, wollte ich nicht im Haus haben.

Aber ich habe mich nicht wegen Peter Brock an den Schreibtisch gesetzt, um in mein rotes Buch zu schreiben. Der eigentliche Grund ist ein anderer. Nämlich: Der Bote von »Pythagoras« hat mir eine kurze handschriftliche Notiz aus England, vom Landsitz »Fall Manor«, gebracht. In wenigen nüchternen Zeilen teilt mir der Lord mit, die *Sprüche des Rabbi* seien nicht ein Buch, sondern zwei Bücher. Er hätte davon erst jetzt erfahren. Es gäbe keine Hinweise, dass Samuel davon gewusst habe. Er, Seine Lordschaft, sei dabei, mit seinen Mitteln zu versuchen, den verschwundenen Band zu finden. Im Schlusssatz dankte er mir für die Fahrt nach Prag.

Nachdem ich diesen Eintrag geschrieben habe, stelle ich mich ans Fenster, aber weniger, um den Blick zu genießen. Ich lasse noch einmal die Vorgänge in Prag langsam, step by step, Revue passieren. Unter dem Strich bleibt die Frage: Warum hat in Prag niemand von zwei Büchern gesprochen? War das nicht bekannt? Sicher wusste Jürgen-František nichts davon, für solche Feinheiten war er nicht zuständig, er hat den Koffer mit seinem Inhalt entgegengenommen, mehr nicht.

Erst dann kehren meine Gedanken wieder zu Peter Brock zurück. Nicht eine einzige Zusammenkunft mit dem sympathischen Journalisten ist mir ungut in Erinnerung, und mich amüsiert der Gedanke, dass er für mich so etwas wie mein Lieblingszeitungsfritze ist.

Neulich, Alexander war noch zu Besuch, hatte Brock mich angerufen, sich auf Moritz Stauffer berufen, und um ein Interview, das er schon immer halb ironisch ein *Gespräch unter Männern* nennt, gebeten.

Unser Thema, Herr Brock?

Nur ein Vorschlag, sagte er. Die Sorglosigkeit, mit dem die Menschen sich in den sozialen Netzwerken bloßstellen sowie die offenkundige Gleichgültigkeit gegenüber der manischen Neugier des Staates und der Geheimdienste. Er denke, dazu könne ich doch Wesentliches sagen, sei einer der kompetentesten Gesprächspartner, quasi ein Experte, um diese Vorgänge richtig einzuordnen. Mir stehe es frei abzulehnen, selbstverständlich.

Das genau war der Punkt. Ich sagte ihm nicht zu, versprach, ihn in den nächsten Tagen zurückzurufen. Mit dem Einwurf *Experte* hatte er ein Wort gewählt, das für mich in letzter Zeit beinahe zu einem Unwort mutierte.

Sein Vorschlag reizte mich schon. Ich habe natürlich diese Entwicklung, die jeden klar denkenden Menschen normalerweise auf die Palme treiben müsste, verfolgt, mir so meine Gedanken gemacht aus Sicht von Leo, dem Privatier, ebenso aber auch auf der Betrachtungsebene des Konzernchefs Petermann. Dem einen wie dem anderen konnte nicht gefallen, was der gleiche kühle Kopf analysierte. Der ehemalige CEO Petermann hatte sogar wegen dieses Themas zwei Mal mit seiner Nachfolgerin bei »Pythagoras« zusammengesessen.

Ich hatte keineswegs vor, Peter Brock hinzuhalten, diese Angelegenheit brannte mir sozusagen selbst unter den Nägeln, mir ging es um etwas Zeit, da ich mir eine Strategie für das *Gespräch unter Männern* zurechtdenken wollte.

Nun, nachdem ich so weit bin, rufe ich Brock privat an. Er überlässt es mir, unseren Treffpunkt zu wählen und darum lade ich ihn in die kleine Brauerei des Klosters Kimmling ein.

Seit einigen Jahren habe ich Brock nicht gesehen und bin doch etwas erstaunt, dass er inzwischen fast kahl ist bis auf einen letzten dünnen Haarkranz, den er nicht rasiert, wie es gerade angesagt ist. Runder scheint er nicht geworden zu sein, so auf den ersten Blick. Wie sich dann zeigt, ist er noch immer der nette Mensch, den ich kannte.

So wie ich ihn in Augenschein nehme, mustert er ebenso mich, meint, mein Bart stehe mir gut. Wir legen uns gegenseitig die Hand leicht auf den Rücken, betreten das Lokal.

Wir nehmen nahe dem kupfernen Braukessel Platz und lassen uns jeder ein Glas dunkles Bier bringen. Brock probiert, leckt sich die Lippen, lobt die Kunst des Braumeisters.

Was die nächste gute Stunde ganz entspannt vonstattengeht, ist kein Interview im herkömmlichen Sinne mit Fragen von der einen und Antworten von der anderen Seite, es ist vielmehr eine Unterhaltung, das Gespräch unter Männern eben. Allerdings steht zwischen uns ein laufendes Aufnahmegerät auf dem Tisch.

Bevor Brocks Text in den Druck gehen wird, erhalte ich ihn per Mail zur Freigabe. Brock bedankt sich für meine Offenheit, meine Bereitschaft, auch kontroverse Ansichten ohne Wenn und Aber zu formulieren.

Warum sollte ich mich zurückhalten, wen schützen wollen, ich sei Privatmann und niemandem Rechenschaft schuldig, außer mir selber.

Brock sagt mir auf dem Weg zum Parkplatz, er möchte gerne noch der Kirche von Kimmling einen Besuch abstatten. Ich frage, ob ich ihn begleiten dürfe, schlage einen Spaziergang dorthin vor.

Er ist einverstanden und wir nehmen den Pfad über den Wiesenhang, am Weiher des Tischlinger-Hofs vorbei, um oberhalb des Friedhofs den Hügel herunterzukommen.

Im vorderen Teil des Kirchhofs wird an der Urnenwand gebaut. Mit einer Finanzspritze habe ich sanft, aber deutlich nachgeholfen, um endlich in meinem Sinn zu einer Entscheidung zu kommen.

Davon sage ich dem Journalisten natürlich nichts. Brock will die winzige, so unscheinbare Madonna sehen, die in einer Nische der Kirche eher versteckt steht, die ich bisher nicht kannte, von der er mir in einer Kurzfassung erzählt, während wir betrachtend davorstehen.

Den Rückweg zum Kloster wählen wir auf Brocks Wunsch hin durch den Ort.

Drüben auf der anderen Seite des Markplatzes erkenne ich Lancelot, der mit eiligen Schritten unterwegs, schon am Brunnen vorüber ist, beinahe die Einmündung in eine schmale Gasse erreicht hat, in der er mir dann aus den Augen kommt.

Peter Brock ist stehen geblieben. Was jetzt? Ich wende mich ihm zu.

Er schätze gerade die Möglichkeit ab, jemanden gesehen zu haben, der hier gar nicht hergehöre.

Den Fotografen Herkommer?

Brock nickt, sichtlich erstaunt. Ein genialer Fotograf, sagt er, ganz gewiss, aber auch ein problematischer Mensch. Mit ihm auszukommen, sei nicht gerade einfach. Darum habe er im Verlag kaum Freunde, eigentlich gar keine.

Dann erzählt er mir von der Liebesaffäre, die lange im Treibsand des Geredes unterwegs war. Wer hätte im Verlag gedacht, dass diese elitäre, hochmütige Reimann sich mit dem sperrigen Einzelgänger einlassen könnte? Sie blieb die kühle Unnahbare, die den Fotografen wie einen Schoßhund am Halsband hinter sich herzog. Herkommer schien völlig von Sinnen, richtiggehend verhext von ihr zu sein.

Wie lautete der Vorname dieser Dame? Die Frage nur zur vollen Gewissheit.

Julia.

Wie Schuppen von den Augen fallen

35

Mittagessen bei meinen Freunden, den Weilnböcks. Kurze Siesta auf der Couch in meiner Bibliothek. Einen Espresso in der Küche. Umfüllen einer Flasche Rotwein in einen Dekanter. Den kleinen runden Tisch und zwei Gartenstühle in den Schatten der ausladenden Äste eines Apfelbaumes stellen.

Die Vorbereitungen sind abgeschlossen, und Pfarrer Demme, der sich kurzfristig angesagt hat, kann kommen.

Ich setze mich auf die Terrasse. Blättere in dem Buch mit Skizzen und Gemälden von Paul Tulipan und merke, wie meine Bewunderung für den Maler, von dem ich ja jetzt weiß, wer er ist, immer mehr wächst.

Besucht mich Hochwürden Demme, dann hat er in der Regel Wünsche für das alte Kloster, seine Obsession. Heute jedoch ist der Grund ein anderer, wie er am Telefon bereits gesagt hat. Es geht um Benjamin Rosenstock, den früheren Tulipan, den heutigen Blindheim. Leander Mendel hat ihn vor zwei Tagen in der Untersuchungshaft besucht. Das ist mir nicht neu, da Pinkas Glauser die Hürden davor beiseitegeschoben hat.

Das Buch liegt aufgeschlagen auf meinen Knien. Mein Blick dafür ist weggewandert, erfreut sich an dem Bild vor mir, die Bucht, den Schilfgürtel, das Bootshaus. Leise nur bedauere ich die verpasste Möglichkeit, mit der *Magdalena* draußen auf dem See zu sein. Morgen ist ja auch noch ein Tag und zudem ist ideales Segelwetter für die nächste Zeit versprochen. Meine Gedanken fliegen über den großen Teich Alexander hinterher. Er ist in Princeton, nicht, wie er sagt, um dort herumzuschnuppern, sondern, da bin ich mir sicher, um Nägel mit Köpfen zu machen.

Da drängt das dumpfe Pochen des Türklopfers an mein Ohr. Der Pfarrer ist pünktlich, wie immer.

Wir gehen am Rosengarten vorüber hinaus in den hinteren Teil des Grundstücks.

Demmes rote Wangen leuchten. Er hat wohlwollend die Karaffe mit dem edlen rubinroten Inhalt zur Kenntnis genommen. Es freut ihn, dass ich ihm den nicht alltäglichen Genuss eines besonderen Weines schenke.

Unsere einleitende Plauderei ist heute ziemlich kurz, ist schon nach dem ersten Schluck vorbei. Der Pfarrer hat viel zu erzählen und ich vermag nicht zu übersehen, wie es ihn drängt, mich ins Bild setzen zu wollen. Seine spürbare Unruhe ist ungewöhnlich, denn so leicht bringt den geistlichen Herrn nichts Weltliches aus der Ruhe.

Er lehnt sich im Stuhl zurück, dreht vor sich das Glas im Licht, lässt den dunklen Wein Funken schlagen.

Ich vermute, Demme hat sich vorher jedes Wort überlegt, zumindest für den Anfang.

Mendels Freund, Benjamin Rosenstock, schildert der Pfarrer, scheine von der Welt entrückt, sitze wie ein Buddha in seiner Zelle. Der Anstaltspsychologe habe sich zu der Aussage verstiegen, Blindheim befinde sich auf dem Weg zum Mystiker. Stellen Sie sich das bitte vor, Herr Doktor Petermann!

Nein, ich könne es mir nicht vorstellen, sage ich. Ich kenne nämlich den Menschen nicht persönlich, der Benjamin, Ben, Tulipan und Blindheim sei. Wisse der Mann eigentlich selber noch, wer er denn überhaupt sei?

Leander Mendel zweifele, ob ihn Blindheim erkannt habe. Demme nennt ihn jetzt Blindheim. Die ganze Zeit, in der Mendel in der Zelle gewesen sei, habe Blindheim geschickt dafür Sorge getragen, dass kein Blick auf das Manuskript, das auf dem Tisch lag, möglich war, habe gesprochen wie ein Träumender, allein zu sich selbst, und ausschließlich über Julia.

Als er Maler gewesen sei, jammerte er, habe er mit Farben, bei Julia dann mit Worten spielen dürfen. Julia habe ihm das Licht der Fantasie entzündet. Sie war Eos für ihn, seine Morgenröte, ein Geschenk des Himmels.

Ob er sich da mal nicht im Absender täuscht, Julia womöglich ein Gruß des Höllenfürsten war, denke ich.

Oh, Julia, wo sind deine vielen kleinen betörenden Lockungen des Weibes, wo ist dein aparter Duft, der dich für mich einzigartig macht, wo deine Sommersprossen wie Schokospritzer? Julia, wo bist du? Dir alleine verdanke ich die Befreiung aus den Fesseln der Freundschaft.

Urplötzlich sei der Mann, der sich Blindheim nenne, aufgesprungen, stieß den Stuhl hinter sich um, hob seine geballten Fäuste dem Fensterlicht entgegen.

Schon arg schnell, Julia, sind mir deine Ketten schwerer geworden, als die von Leander es je waren, habe er gerufen.

Hochwürden Demme hält sein Glas in der Hand, lässt sich von mir nachschenken.

Mendel hat den Pfarrer gefragt, ob dieser Ausbruch auch ein Geständnis sein, die Justiz es so werten könne?

Demmes Augen sehen fragend zu mir herüber.

Ein Geständnis? Vielleicht. Ein Hinweis auf ein Motiv? Möglich.

Mendel verließ den Freund verwirrt, ja regelrecht verstört, beendete einen Besuch, der doch keiner war. Hatte ihn der geistig entrückte Ben denn überhaupt erkannt? Sah dieser in ihm vielleicht eher einen Dämon, der ihm, Ben, mit seiner Anwesenheit zusetzte?

Erst einmal musste Mendel einen längeren Spaziergang machen, um wieder inneren Halt zu finden. Auch um anschließend den vereinbarten Termin mit Blindheims Schweizer Anwalt wahrnehmen zu können. Der freundliche, vornehme Herr teilte Mendel bei Tee und Gebäck mit, dass der deutschen Anwältin Gorges von offizieller Seite Akteneinsicht gewährt würde.

Ob ich diese Freigabe in die Wege geleitet habe, fragt er.

Ich lächle den Pfarrer an, hebe meine Schultern, sage nichts auf seine Frage. Ich kann dazu nichts beitragen, da mich Glauser nicht ins Bild gesetzt hat.

Noch bevor Mendel den Anwalt verlassen habe, ja zwischen Tür und Angel, auf der Treppe, hätte er eine wirkliche Neuigkeit zu hören bekommen.

Aufgrund von zwei übereinstimmenden Zeugenaussagen sowie den Aufnahmen einer Kamera im Eingangsbereich des Hotels auf dem Gornergrat ist ein bis dahin Unbeachteter in das Visier der ermittelnden Kriminalpolizei geraten. Ein unscheinbarer Herr Jedermann mit Hut, allerdings mit unverkennbaren Merkmalen.

Demme bemerkt mein Erstaunen nicht.

Wen die Götter lieben

36

Schon am frühen Morgen war es ungewöhnlich warm, durch die Feuchtigkeit vom See her sogar schwül.

Vorgezogene Hundstage?

Der See lag flach unter einem blassblauen Samthimmel, war eine scheinbar bewegungslose, bleifarbene Fläche in einem dunstigen Licht. Winzige Wellen kräuselten sich im feinen Kies des sanft abfallenden Ufers. Die gegenüberliegende Seeseite erschien trügerisch nahe. Hinter dem strohig bleichen Schilfgürtel lugten die dunklen Giebel der Bootshäuser hervor.

Der Mann, in Flecktarn gekleidet, stand unbewegt im Dickicht unterhalb des bewaldeten Hanges der Halbinsel. Die Amsel auf dem Ast vor ihm, nur gerade mal einige Schritte weg, ließ sich durch seine Anwesenheit nicht von ihrem melodischen Trillern abhalten.

Auf dem Weg von Kimmling herunter kam Lancelot geschlendert, lässig und sichtbar zufrieden, um den Hals ein buntes Handtuch gelegt. Er folgte dem Uferweg bis zum Holzsteg, der ein Stück auf den See hinausführte. Einen Moment blieb er stehen, schaute, die Augen mit der flachen Hand beschattet, über die glitzernde Weite des Wassers. Trotz des unwirklichen Lichts hatte der Fotograf heute seine Kamera nicht dabei. Vermutlich besaß er längst genügend Aufnahmen von dieser Stelle, die ihm wohl keine neuen Varianten mehr anbot.

Lancelot betrat den Steg, bewegte sich irgendwie tänzelnd ganz bis zum Ende, zog dort das gelbe T-Shirt aus, warf es nachlässig auf die Holzplanken.

Es war wohl nur eine Frage der Zeit, allenfalls eine Frist von wenigen Tagen, bis auch den Ermittlern in der Schweiz ein Licht aufgehen würde, wer der Mörder vom Gornergrat war. Und der würde nach seiner Festnahme reden, womöglich wie ein Wasserfall, und vielleicht sogar recht fragwürdigen Unsinn von einem Treffen im Dunkeln nahe eines Turms an einem oberbayerischen See erzählen.

Der Mann im Dickicht hatte sich bewegt. Bevor er auf den Weg trat, schaute er sich um. In dieser frühen Stunde war auf dem Uferweg nur selten jemand unterwegs. Er lag verlassen, so weit der Blick ging.

Mit schnellen Schritten steuerte er den Steg an. Hatte dabei Lancelot immer im Blick. Der stand weit vorne in der Badehose bereit, um ins kühle Nass zu springen.

Der Mann rief Lancelot bei dessen Namen.

Lancelot reagierte sofort, drehte sich nach dem Rufer um, sah den archaischen Jäger auf sich zukommen. Und plötzlich wurde sein Gesicht alt. Er begriff, das war der Moment seines Davongehens aus dieser Welt, der Moment aber auch, in dem ihn der Stein frontal an der Stirn traf. Lautlos kippte er nach hinten weg.

Der Mann im Flecktarn sah ihn wie in Zeitlupe ins Wasser klatschen, das Gesicht blutüberströmt. Eine Filmszene. Großaufnahme.

Zwei Schwäne mit ihren Jungen, die seitlich des Stegs ruhig auf dem Wasser dümpelten, schwammen erschrocken davon.

Der Mann kickte den Stein, der auf den Brettern gelandet war, ins Wasser, blieb nahe am Rande des Stegs, um den im Wasser treibenden Körper des Fotografen zu betrachten.

Er hob seinen Kopf, stellte fest, dass er von dem Weg her das »Seehaus« erkennen konnte. Niemand war zu sehen.

Ohne Eile verließ er den Steg, trat ins Dickicht, stieg im Wald den Hang hinauf. Mit sicheren Bewegungen zerlegte er die Schleuder in ihre Einzelteile. Das Holz zerbrach er, trieb es mit kräftigen Tritten in die Erde, Gummi und Leder verschwanden an verschiedenen Stellen zwischen unterhöhlten Baumwurzeln. Wenige Minuten später erreichte er die dichte Buchenhecke.

Rosen erfreuen das Herz

37

Ich warte sitzend im Schatten der Markise auf der Terrasse, trinke kühlen Cidre, harre darauf, was hinter meinem Garten und dem Wald am Hang geschehen, was ich eventuell mitbekomme von dem, was sich außerhalb meiner Sicht tun wird. Für einen ungeduldigen Menschen hätte die Zeit, während der alles ruhig blieb, längst ausgereicht, um nervös zu werden. Es eilt aber nicht. Ein Toter ruft nicht nach Hilfe.

Dann höre ich das Martinshorn des Rettungswagens aus der Ferne näher kommen. Die dunkle Limousine eines Bestattungsunternehmens wäre in diesem Fall angebrachter. Hier gibt es nichts mehr zu retten. Der auf- und abschwellende Sirenton ist auch alles, was ich hier oben auf meinem Posten mitbekomme.

In den nächsten Stunden tue ich nichts, bewege alleine meine Gedanken.

Erst gegen Mittag schneide ich Rosen für Magdalena, habe bis dahin das strahlende Licht und die wohltuende Wärme und die Stille eines Sommervormittages genossen, den der Störenfried Lancelot nicht mehr hat erleben dürfen. Er ist unterwegs ins Reich der Schatten. Jemand hat mal behauptet, der Tod sei eine Illusion. Falsch. Der Tod ist eine Realität. Darum hat sich mit Lancelots Abgang auch die lästige Unruhe im Nichts aufgelöst. Und das ist gut so.

Das werden meine letzten Gedanken gewesen sein, die ich Lancelot Herkommer gewidmet habe.

Am Mittag gehe ich nicht zum Essen zu Martha und Korbinian, verlängere heute meine Siesta, bevor ich zu Magdalena aufbreche, um dort den Rosenkavalier vor ihrer grünen Tür zu geben.

Einige Zeit später fahren wir hinüber in die Kreisstadt. Vom Parkplatz am Bahnhof aus überqueren wir die Gleise und spazieren Hand in Hand auf den breiten Wegen zum Strandhotel. Dort essen wir gut im Schatten der alten Kastanien mit weitem Blick über den See. Weiße Segel beleben das idyllische Bild.

Rechtzeitig brechen wir auf zum Marienmünster, wo wir eine Veranstaltung für Liebhaber von Musik und Literatur besuchen. Orgelmusik von Buxtehude und Texte von Ingeborg Bachmann.

Nachdem wir unter tintenblauem Himmel auf meiner Terrasse noch ein Glas Wein getrunken haben, legen wir uns im Wintergarten zusammen in die Hängematte. So ist die Hitze der Nacht recht angenehm auszuhalten.

Über die Toten nur Gutes

38

Die Gitter vor dem Fenster störten den Blick zu den nahen Bergen, deren höchste fast immer weiße Hauben trugen, nicht wirklich. Am blassblauen Himmel segelten einige wenige kleine Wolkeninseln. Es war ein schöner Sommermorgen. Ein früher Sonntagmorgen.

Blindheim lag auf dem einfachen Bett, lag auf dem Rücken, völlig angekleidet, die Arme seitlich des Körpers, die Hände waren geöffnet. Auf seinem bleichen, beinahe durchsichtig weißen Gesicht lag die Andeutung der Zufriedenheit eines Buddhas.

Blindheim war tot.

Er legte sich einfach hin und starb, würde es später heißen.

Als der Aufseher bei einem Kontrollgang die Zelle betrat, war der Gefangene laut ärztlichem Befund seit ungefähr drei Stunden tot.

Herzinfarkt lautete der abschließende Eintrag auf dem amtlichen Totenschein.

Blindheim hatte seine Arbeit abgeschlossen, das Manuskript, an dem er in seiner Einsamkeit wie in Trance geschrieben hatte, in einen braunen Umschlag gesteckt, den er sich von einem Aufseher erbeten hatte, ihn zugeklebt, mitten auf dem Tisch platziert, ein leeres Blatt mit dem kurzen Satz beschrieben, den Umschlag seinem Freund Leander Mendel zu übergeben, und obenauf gelegt.

Vermutlich streckte er sich dann auf dem Bett aus und wartete auf seinen letzten Besucher.

Mendel hatte noch einen Satz von Ben im Ohr, einen seiner letzten, als er ohne hörbaren Groll von der Fälschung seines Lebens sprach. Der Restaurator war davon überzeugt, sein Freund sei an gebrochenem Herzen, an seiner hoffnungslosen Verzweiflung gestorben. Abgekapselt in seiner kahlen Zelle, gänzlich von der Welt getrennt, allein nur mit sich, konnte er sich die Wirklichkeit nicht mehr zurechtkneten, musste sich eingestehen, das ganze Leben auf einer Bühne gestanden zu sein. Wann war er je Benjamin gewesen? Ihm muss klar geworden sein, dass die knappe Zeitspanne, die ihm noch blieb, die einzige echte, wirklich unverfälschte war. War er wegen dieser Selbsterkenntnis mit einem Lächeln aus dieser Welt gegangen?

Vor allem diese Frage war Benjamin Rosenstocks, alias Paul Tulipan, alias Blindheim, schwer lastendes stummes Vermächtnis, das Leander Mendel für immer begleiten würde.

Meinen Dank an Charis

39

Ein kurzer Blick aus dem kleinen Fenster gaukelt dem mutig Schauenden vor, in seiner Arche sicher zu sein vor den Unbilden der Außenwelt. Die schweren grauen Wolken wabern um das in die flache Senke geduckte Haus. Starker Regen wird vom böigen Wind fast waagerecht an Mauern und Fenster geblasen. Das ständige Rauschen von draußen können auch die dicken Mauern nicht völlig verschlucken.

Ein Glas Malt-Whisky in der Hand sitze ich mit Alan Morrison vor dem Torffeuer. Magdalena ist mit Maeve Morrison nebenan in der Küche. Das ältere Ehepaar war all die Jahre Rainer Fall nahegestanden, waren ihm verlässliche Freunde auf dem felsigen Vorposten draußen im Atlantik.

Alan und ich sitzen seit Stunden zusammen, schweigen und reden, gerade wonach uns der Sinn steht.

Ich verstehe Rainer, jetzt, wo ich sein Anwesen auf den Hebriden kenne, mehr denn je. Mein ehemaliger Partner bei »Pythagoras« hatte damals den unbedingten Glauben an den modernen Zeitgeist, die grenzenlose Hektik des Lebensstils, verloren, sich diese abgelegene Insel gesucht, ein glückliches Stück Erde, an dem er sich irgendwie geborgen gefühlt haben muss, in das er sich emotional hineinkuscheln konnte. Das Tragische war, dass ihn auch dort das Böse fand. In Wien, am Abend vor seinem Tod, hat er mir gesagt, dass Fragen gefährlich sind, nicht Antworten. Diese Erkenntnis musste er mit dem Leben bezahlen.

Nur zwei Tage, nachdem der Fotograf Lancelot Herkommer so unvermittelt das weltliche Spielfeld verlassen hatte, reisten Magdalena und ich ab.

Mein Haus hatte ich der treuen Obhut von Martha und Korbinian übergeben. Mit dem Architekten Helmes führte ich noch ein längeres Gespräch. Bei unserer Rückkehr nach Kimmling, so versprach er fest, seien die Umbauten abgeschlossen. Ich glaubte ihm.

Magdalena und ich flogen nach London. Etwa zwei Wochen verbrachten wir in der britischen Hauptstadt. Dann nahmen wir uns einen Mietwagen und gondelten gemütlich durch Englands Süden, gaben uns dafür kein Zeitlimit. Nachdem wir uns entschlossen hatten, Rainer Falls Anwesen auf den Hebriden aufzusuchen, um die Insel seines freiwilligen Exils kennenzulernen, steuerten wir zurück nach London. Von dort flogen wir nach Glasgow, weiter mit einer kleinen Maschine nach Inverness und mit einem noch kleineren Flugzeug nach Stornoway auf Lewis.

Auf der Insel der Äußeren Hebriden begrüßte uns Regen, grau und dicht wie ein nasser Vorhang, sowie die Morrisons, bei denen wir uns angekündigt hatten. Schon während der wenigen Schritte vom Flugzeug zum Flughafengebäude hatte ich das Gefühl, mich durch die feine Gischt eines Wasserfalls zu bewegen, dabei immer vorgebeugt, um gegen den Wind anzukämpfen. Überraschenderweise war es nicht mal kühl, nein, es war sogar erstaunlich mild.

Komme die Sonne durch die Wolken, versprach Morrison, wäre sogar ein Hauch von Wärme zu spüren.

Gerade in dem Moment, in dem wir in Morrisons Landrover auf Rainers Hof rumpelten, hörte es auf zu regnen. Ein gutes Omen? Auf jeden Fall: Mit diesem Besuch schloss sich für mich ein Kreis.

In jedem Raum in dem weißen Cottage mit den grünen Fensterläden und Türen grüßte Rainer aus der Vergangenheit herüber, für mich stand er immer unsichtbar neben uns. In seinem Observatorium, dem Haus gegenüber, meinte ich Rainer auf Schritt und Tritt vor mir zu sehen, es schien mir sogar so, er führe mich herum, erkläre jedes Gerät, die Fernrohre, mit denen er den Himmel betrachtete, zumeist nachts, wie ich wusste, da dann der Himmel häufiger klar war.

Am Morgen nach unserer ersten Nacht auf Lewis schien die Sonne, die Magdalena und mich hinauslockte, hinunter zum weißen Strand. Wir spazierten die Strecke bis zum kleinen Hafen, begleitet von Sonne, Wind und dem Rauschen der Wellen. Auf Bänken nahe der Kaimauer saßen alte Männer, die uns freundlich grüßten. Unterhalten konnten wir uns nicht, denn sie sprachen ausschließlich Gälisch, für uns eine nicht zu verstehende Sprache.

Von Alan und Maeve Morrison werden wir in die Geschichte, die Landschaft und die Gesellschaft eingeführt. Die beiden sind uns ideale Gastgeber. Rainer hatte mit seinen Nachbarn, die einige Meilen entfernt auf ihrem Hof leben und Schafe züchten, sehr viel Glück gehabt.

Durch die Morrisons erfahren wir auch von den engen Familienbanden auf den Inseln. Allein bei bestimmten Unternehmungen oder Ereignissen teilen sich die Familien in Weiblein und Männlein. So ist es nicht weiter verwunderlich, dass Magdalena von den Frauen auf Zeit adoptiert wird, ich von den Männern.

Magdalena ist von einigen Nachbarinnen eingeladen worden. Alan sei irgendwo auf der Insel unterwegs, wird mir auf dem Hof gesagt. Also wandere ich weiter, immer auf das Meer zu. Auf einem windgeschützten Felsbrocken über dem Strand lasse ich mich nieder, lege eine kleine Pause ein. Die Wolken fliegen vom Meer herein, immer wieder blinzelt die Sonne, manchmal nur für Minuten, durch eine Lücke. Das Rauschen der stahlgrauen Wellen ist eine ruhige, an- und abschwellende Musik. Ich entdecke in meiner Jackentasche den runden Stein wieder, den Magdalena am Strand aufgehoben und mir geschenkt hatte. Es ist ein schöner grauer Stein mit hellen Einsprengseln, glatt und flach, wie für meine Hand gemacht.

Ich sehe mich im Bademantel vom Wintergarten aus die Wendeltreppe hinuntersteigen, den kurzen gekachelten Gang zum Schwimmbad gehen, den Bademantel nachlässig auf die gewärmte Liegebank fallen lassen, mit einem eleganten Hechtsprung in das grünblaue Wasser eintauchen, um dann Bahn um Bahn zu schwimmen, bis mir die Luft ausgeht.

Von Alan und seinen Freunden Sean McNeil und Frank Innes werde ich zum Fischen in den klaren Bächen und einsamen Seen und zum Jagen in den Bergen eingeladen und lerne (präzise: meine Füße lernen), wie lang gezogen die Täler und wie weit die grünen Hügel der Insel sind.

Zwei Mal fahren wir auf dem Fischerboot von Fergus McCue mit hinaus auf das Meer. Für uns waren das richtige Abenteuer und nur schwer zu verstehen, dass Fergus und seine Männer Meer und Wellen und Wind ruhig und das Wetter gesamt schön benennen.

Ich bin vor dem Regal, in dem Rainers Schallplattensammlung ihren Platz hat, in die Hocke gegangen. Hier haben wir Platten gefunden, zu deren Musik wir auch schon getanzt haben. Magdalena liegt hinter mir auf Fellen und Decken vor dem brennenden Kaminfeuer, und ich möchte die passende Musik auf den Plattenteller legen. Da fällt mir der Schuber mit Smetanas *Mein Vaterland* ins Auge. Wie lange ist es her, dass mir Kafka auf dem Schiff in Prag *Die Moldau* vorspielen ließ? Warum habe ich den Schuber bisher nicht gesehen? Ich greife danach, ziehe ihn heraus. Sofort fällt mir auf, dass er viel zu schwer ist, um Schallplatten zu beinhalten. Ich lege ihn auf den Boden, klappe den Deckel zurück, sehe, was tatsächlich darin verborgen liegt, werfe Magdalena einen rufenden Blick zu und sie kommt nackt auf allen vieren zu mir gekrabbelt. Auch sie erkennt sofort, was ich da gefunden habe.

Der verschwundene zweite Band der *Sprüche des Rabbi* war in diesem Schuber versteckt gewesen.

Der weite einsame Strand liegt vor mir. Gerade ist ein Regenschauer weitergezogen. Hut, Jacke und Hose triefen noch vor Nässe. Der Wind macht sich einen Spaß daraus, mir den Hut vom Kopf blasen zu wollen. Ich spüre die Feuchtigkeit in meinem Bart. Das Meer gebärdet sich rau. Doch inzwischen vermag ich Meer und Wetter auf Lewis besser einzuschätzen, sie sind mir keine völlig Unbekannten mehr.

Ich fühle mich gut, gebe meinen Gedanken Auslauf.

Ich sehe mich in meiner Bibliothek sitzen. Vor mir auf dem alten Schreibtisch steht eine Flasche Wasser der Edelmarke *Wildbach*. Hin und wieder gieße ich mir einige Fingerbreit in mein Glas und trinke. Mit grüner Tinte schreibe ich in mein rotes Buch, das ich in meinem Safe sicher einschloss vor der Abreise, den Text aber nicht abschließen konnte.

Ich sehe mich den Kopf heben, um durch das neue breite Panoramafenster hinaus in die Winterlandschaft zu schauen. In der Nacht hat es geschneit. Auf den kahlen, dunklen Ästen der Obstbäume hat sich pudriges Weiß gesammelt.

Nahe am Hafen steht das graue Gemeinschaftshaus der über das Land weitverteilten Gemeinde. Eine wahre Trutzburg gegen das launische Wetter. Hier finden Hochzeiten, Taufen und sonstige Feierlichkeiten statt.

Ich habe zu einem Fest eingeladen, um Dank zu sagen für die Freundschaft Rainer und auch uns beiden Fremden gegenüber.

Es wird ein unvergesslicher Abend und eine lange Nacht, in der wild zur Musik des Dudelsacks und der Pfeifen getanzt und der Malt-Whisky, stark und ganz sicher schwarz gebrannt, in Strömen durch die durstigen Kehlen fließt.

Nachdem man uns mit einem kleinen Lieferwagen nach Hause gebracht hat, ist der Morgen nicht mehr fern. Magdalena und ich bleiben Arm in Arm vor der Tür stehen, sehen dem Vehikel nach und zum blassen Sichelmond am sternenklaren Himmel auf, befinden uns in einer Stimmung, die uns feinen, silbernen Sternenstaub am dunklen Firmament vorspinnt.

Magdalena, zum Anbeten schön, und ich liegen stundenlang auf dicken Schaffellen und kuscheligen Decken vor dem Kamin, können nicht genug voneinander bekommen, haben Spaß und lachen viel, sind sehr vertraut. Wir sind verwoben miteinander, haben Gemeinsamkeiten und auch spezielle Geheimnisse.

Niemand war mir je näher als Magdalena, kein Mensch weiß mehr über den wirklichen Leo. Und dennoch ist das für mich keine Bedrohung, ich wähne mich sogar irgendwie frei durch diese Vertrautheit.

Darf ich meinen Zustand, dieses Gefühl, vielleicht *Zufriedenheit* nennen?

Ich weiß es nicht, kenne mich nämlich mit Gefühlen nicht so richtig aus, weiß allerdings, wie gefährlich sie sein können.

Inzwischen kann ich aber sagen: Non sum qualis eram – ich bin nicht mehr der, der ich war.

Nicht nur dafür, doch auch für diese erstaunliche Erkenntnis bin ich allzu gerne bereit, Charis, der Göttin des Dankes und der Liebe, ihren verdienten Tribut zu zollen.

Leo ist zufrieden, es geht ihm gut.

Ist das nicht ein wunderbarer letzter Satz?

Was noch zu sagen wäre ...

Leo Petermanns Landhaus steht auf einem Hügel über dem See. Welchen See stelle ich mir da eigentlich vor? Diese Frage höre ich so oder ähnlich immer wieder. Klar, es ist nicht der Chiemsee, auch nicht der Starnberger See, nicht einer der kleineren oberbayerischen Seen wie der Wörthsee oder der Pilsensee. Wenn, dann ist es der Ammersee, den ich beim Schreiben vor Augen hatte. Das Drumherum, der kleine Ort Kimmling mit seinem Kloster nur zum Beispiel, ist reines Fantasieland. Auch alle Namen und Personen sind meine Kopfgeburten. Sollten sie irgendwie der Wirklichkeit nahekommen, dann ist das nur dem Zufall zuzuschreiben. Die Abenteuer von Leo Petermann, meinem Helden mit dunklen Flecken, sind frei erfundene Geschichten, für die ich alleine meinen Kopf hinhalte.

Meine Petermann-Romane kamen, unerwartet für mich, zu hohen Ehren. Der erste Band wurde 2014 für den Friedrich-Glauser-Preis nominiert. Band zwei wurde 2016 nicht nur nominiert, sondern mit dem Glauser-Preis als bester Kriminalroman geehrt.

Dass diese Geschichten überhaupt zwischen zwei Buchdeckeln zur Wirklichkeit wurden, ist meiner wunderbaren Frau Christel, die immer an mein Schreiben glaubte und alle meine Texte zuerst liest sowie in den Computer tippt, und meiner famosen Lektorin Eva Weigl, die den Herrn Petermann schon gleich nach den ersten Manuskriptseiten in ihr Herz schloss, auch ihrer Kollegin Christiane Geldmacher und nicht zuletzt dem Vertrauen meines Verlegers Burkhard P. Bierschenck zu danken. Auf keinen Fall versäumen möchte ich, all meinen unbekannten Lesern Dank zu sagen, denn ohne sie wäre Leo Petermann längst wie die berühmte Primel vertrocknet.

Michael Böhm, im Mai 2016

Herr Petermann und das schöne Märchen von der Moral

Wann wird dieser Mann endlich für seine Taten bestraft?

Diese Frage stellte mir schriftlich ein Leser.

Sie schreiben einen Krimi, lassen morden und den Täter davonkommen?

Die zweite Frage kam von einer Zuhörerin nach einer Lesung und in ihrem Ton schwang hörbar Empörung mit.

Warum verweigern Sie den Weg, der Gerechtigkeit zum Sieg zu verhelfen?

Auch diese Frage bekam ich so oder ähnlich schon mehrfach zu hören und durfte daraufhin meine »Motive« darlegen.

Ich habe nur drei Beispiele ausgewählt aus Dutzenden Meinungen, die nicht oder nur eingeschränkt einverstanden sind mit meiner Figur des Leo Petermann.

Es geht dabei immer um die Themenkreise Gerechtigkeit, Moral und, dahinter versteckt, um Schuld.

Nein, ich werde Herrn Petermann nicht verteidigen, nicht sein Denken, die Philosophie seiner Morde analysieren. Das wäre ein Interpretieren. Umberto Eco sagte einmal, ein Erzähler darf das eigene Werk nicht erklären. Wie recht er hat, der Herr Professor.

Vielmehr möchte ich am Ende der Petermann-Trilogie meine Idee zu der Figur des Leo P. versuchen darzulegen und zur Diskussion stellen.

Zunächst einmal generell: Die Justiz, der ich Leo Petermann ausliefern soll, hat nichts mit Gerechtigkeit und erst recht nichts mit Moral zu tun. Es ist nämlich ein schönes Märchen, populär verbreitet durch Fernsehkrimis, jeder Mörder bekäme seine gerechte Strafe. Viele Morde, so die Wirklichkeit, werden gar nicht erst als solche erkannt, und die, die erkannt werden, oft eben nicht aufgeklärt. Also: Es kann gar nicht gerecht zugehen. Und damit fühle ich mich von der (moralischen) Verpflichtung freigesprochen, Leo Petermann der sogenannten Gerechtigkeit zu überantworten. Das wäre ja auch nur langweilig.

Und nun will ich mir die Frage stellen: Was ist Moral eigentlich? Generell und vor allem in der heutigen Zeit? Ist Moral ein kategorischer Imperativ? Der Mensch ist per se nicht unmoralisch, ist er also zwangsläufig von Natur aus moralisch? Für Moral wird kein Beweis verlangt, für die Unmoral schon. Moral ist stets das Gute, Unmoral das Zeichen des Bösen. Ist Petermann also böse? Nein, ist er nicht, sage ich. Was ist er dann? Er ist konsequent. So habe ich ihn mir gedacht.

Aber ich will mich nicht in der Philosophie der Moral als solche verstricken, nein, mir geht es alleine um Leo Petermann. Er ist finanziell unabhängig, hat keine Familie, aber eine feste Vorstellung, wie er seine vermeintlich nur noch kurze letzte Lebensphase verbringen will. Da er in seinem Kokon, den er sich selbst erschaffen hat, immer wieder gestört wird, nimmt er sich der Störenfriede an, um auf seine Art für die Ruhe zu sorgen, die er sich unbedingt wünscht.

Und da taucht der nächste Stolperstein auf: Die Schuld. Ist Schuld vielleicht mit Moral irgendwie verknüpft? Ist sie, ja. In der Erziehung war es immer Usus, wer schuldig wurde, hatte gegen die Moral verstoßen, wer gegen die Moral handelte, war schuldig. Ein ewiger Kreislauf, dem niemand entkommen durfte und nur selten konnte.

Für Petermann allerdings ist Schuld ein Wort, das für ihn nicht zutrifft, ein persönliches Fremdwort. Mit solchen Gefühlsgespinsten gibt er sich nicht ab, und da er kein wirklicher Bösewicht ist, nur mit dem Begriff »Schuld« eben nichts anzufangen vermag, konnte ich das natürlich nicht als einfach nur gegeben stehen lassen.

Wo also ist das Faktum für sein »nicht normales« Wesen zu suchen?

Die Erklärung für sein Verhalten heißt in der Sprache der Mediziner *Alexithymie*. Allgemein ist das zu beschreiben mit Gefühlskälte, Gefühlsblindheit. Die Ursachen werden der Erziehung oder einem frühen Trauma zugeschrieben. Gerne gestehe ich, es ist für einen Autor sehr viel reizvoller, unterhaltsam mit unmoralischer, als langweilig mit moralinsaurer Tinte zu schreiben.

Moral, so sagt der Duden, sei mit Sittlichkeit gleichzusetzen und allein bei diesem Wort stellen sich einem die kleinen Härchen auf den Unterarmen auf.

Ich hoffe, es meinen Lesern nicht einfach gemacht zu haben, den Leo in eine Schublade zu stecken. Das geht nämlich nicht. Er ist nun mal ein sympathischer älterer Herr, honorig und zuverlässig, der aber bei Bedarf böse sein kann und das ohne schlechtes Gewissen. Zudem dient es weder der Gerechtigkeit noch der Moral, ihn der Justiz ausliefern zu wollen oder zu müssen.

Michael Böhm, im Mai 2016

1

Morgens beim Rasieren sieht Dr. Leo Petermann in das liebenswürdig lächelnde Gesicht eines Mörders.

Der Gedanke, diese Erkenntnis, dringt nicht einmal bis in mein Bewusstsein vor. Die Augen blicken mich nur ganz kurz aus dem Spiegel heraus kühl und ruhig an, lächeln nicht mit. Und schon kehrt das Lächeln in die Augen zurück. Ich grüße den Mann im Spiegel freundlich. Höflichkeit ist nun mal unwiderstehlich. Zusammen mit einem warmen Lächeln sind das erfolgreiche Waffen im ständigen Kampf mit den Mitmenschen. Damit sind sogar unüberwindlich erscheinende Festungen einzunehmen. Diese für mich wichtige, ja entscheidende Weisheit hatte ich als einen der ersten Eckpfeiler meines Lebens schon früh begriffen. Seitdem war die Liebenswürdigkeit stets ein wesentliches Zeichen meiner Persönlichkeit, wurde die Höflichkeit zu einem Teil meines Wesens. Und so wird es für den schmalen Rest meines Lebens auch bleiben.

Der neue Tag kann beginnen. Er wird so ablaufen, wie ich ihn mir vornehme, ihn mir gestalte. Ich habe mir nämlich die Freiheit erworben, zu machen, wonach mir der Sinn steht.

Heute setze ich mich an meinen Schreibtisch und fange an, mit grüner Tinte in ein leeres, rot gebundenes Buch zu schreiben.

Zu Beginn des Textes möchte ich erst einmal bei meinem Spiegelthema bleiben.

Als Dickköpfigkeit, Trotz, Zorn, die natürlichen Kampfmittel eines Kindes, zumeist an gezogenen Grenzen scheiterten, also zu nichts führten, den Gegenwind des überlegenen Gegners eher noch erhöhten, nahm ich mir, ein instinktives Wollen, mein damaliges Kindermädchen zum Vorbild. Verfolgte gespannt, wie sie es machte, jeden – und vor allem mich – regelrecht um den Finger zu wickeln. Weshalb waren alle, mit denen sie zu tun hatte, so nett zu ihr? Ich ließ Christa eine ganze Weile nicht mehr aus den Augen. Sie war mein erstes Forschungsobjekt. Ich sammelte Fakten, unterzog diese immer wieder einer Analyse. Ein noch unbewusster, ganz natürlicher Vorgang, denn damals gehörten Vokabeln wie *Fakten* oder *Analyse* noch längst nicht zu meinem Wortschatz. Und eines Tages wusste ich, erkannte ich die Antwort. Christa war zu allen höflich und zuvorkommend, schien jeden ernst, ja wichtig zu nehmen. Wie sie es machte, wirkte es nicht aufgesetzt, nicht gespielt. Christa war einfach so. Eine freundliche Person eben. Eine Frau, die mit einer Leichtigkeit erreichte, was wohl keine bewusst eingesetzte Strategie so einfach vermocht hätte.

Meiner Aufmerksamkeit entging ebenfalls nicht, dass Höflichkeit als eine hervorragende Tarnung dienen kann. Auf jeden Fall: Ich verdanke der Höflichkeit viel. Letztendlich wohl auch das wunderschöne Haus über dem See. Dort, im Weiler Kimmling-Hof, lebe ich seit etwas mehr als einem Jahr. Es war ein gutes Jahr. Wenn ich es in Gedanken Revue passieren lasse, eines der besten in meinem Leben, da es so gut wie immer selbstbestimmt, nur zu einem ganz geringen Teil fremdbestimmt ablief. Ich komme nicht leichtfertig zu dieser Aussage. Habe genügend Vergleichszeit angehäuft. Darf inzwischen auf sechs Jahrzehnte zurückblicken.

Wie bin ich in Kimmling-Hof gelandet?

An einem frühen Sonntagabend fuhr ich in meinem Wagen über Land, um einen Ort zu finden, der mich vielleicht verlocken könnte, dort für den Rest meines Lebens zu bleiben. Zudem hatte ich nachzudenken, wollte dabei nicht in meinen vier Wänden in München hin und her laufen. Meine Augen sollten die Grenze für meine Gedanken bestimmen. Ich wollte für den Rest meiner Zeit nicht mehr rund um die Uhr, wie seit Jahrzehnten, nur für die Firma, war es auch die meine, da sein. Noch hatte ich den roten Faden einer Alternative nicht in den Händen. Darum ging es, als ich fast den von Ästen eines Obstbaumes verdeckten Wegweiser hinunter zum See übersehen hätte. Ich war schon vorüber, setzte zurück und rollte im Schritttempo den geteerten Weg abwärts. Und dann entdeckte ich das Schild auf der Krone einer pittoresken Mauer, was heißen soll, sie war nicht mehr allzu gut in Form. Auf dem Schild standen zwei mit roter Farbe gepinselte Worte. *Zu verkaufen*. Das waren die magischen Zeichen, die den weiteren Weg vorgaben, den Denkprozess ab diesem Augenblick steuerten. Ich saß im Auto, der Motor lief, und ich starrte die zwei Worte an. Nach einigen Minuten stieg ich aus und kletterte auf die Mauer, sah das Haus und den Garten und den Blick hinunter zum See. Gerade in diesen Momenten malte die Sonne das Wasser golden. Farben, süß wie Limonade. Kitsch. Ich stand und schaute, bis das Wasser wieder fast schwarz wurde, begann mir dabei vorzustellen, wie ich auf diesem Fleckchen Erde meine Zeit verbringen würde.

Es zeigte sich tatsächlich, dass es eine gute Entscheidung war, mich hierher zurückzuziehen, die meiste Zeit mit mir alleine zu sein. Kann mich in meinem Refugium beschäftigen wie ich will, mich ungestört mit mir selbst befassen. Ohne Zeugen mit den hellen und den dunklen Seiten meines Wesens toben. Meine innere Stimme hat sich mit der Zeit immer mehr in den Vordergrund geredet und mich davon überzeugt, dass mir nicht mehr viel Zeit bleibt. Kein Arzt wird auf der Suche nach einer versteckten Krankheit bei mir fündig werden. Das weiß ich. Dennoch bin ich überzeugt, dass das Ende meines Lebens in der nahen Zukunft liegt. Nachdem die Stimme in meinem Kopf die Ahnung zur Gewissheit hochgeredet hatte, begann ich meinen Nachlass zu planen. Und dazu gehörte vor allem der Rückzug auf das Land. Nach Kimmling. Inzwischen ist so gut wie alles geordnet, einschließlich des Ablaufs meiner Beerdigung. So kann ich unbelastet von Ablenkung meine letzte Zeitspanne leben.

Wenn die Ruhe gegen Abend zur Stille wird, dann ist das jedes Mal ein Geschenk für meine Seele, so ich eine habe, wie Schopenhauer sagte. Ruhe ist ein unschätzbares Gut. Ich werde jedenfalls alles unternehmen, um mein kleines Reich, meinen Garten Eden, gegen mutwillige Störungen zu verteidigen. Wenn ich *alles* schreibe, dann meine ich auch alles.

Ein penetranter, unbelehrbarer Störenfried musste bereits für seine Sünden büßen.

Der Mann in dem Haus am Hang über dem See hat ihn auf den weiten Weg geschickt, von dem es keine Rückkehr gibt. Wenn der Mann am Morgen ab und zu sein Gesicht im Spiegel betrachtet, vermag er das Kainszeichen nicht zu entdecken, sucht es ernsthaft auch gar nicht. Niemand in seiner Umgebung vermutet in ihm einen Mörder. Die Menschen, mit denen er zu tun hat, etwa seine Nachbarn, sehen in ihm einen netten, zuvorkommenden älteren Herrn, der gerne hilft, wird er um Unterstützung gebeten.

Wie ist das mit dem Thema Tod?

Leo Petermann beschäftigt sich damit. Wie geht er mit den entscheidenden Fragen um? Hat er Angst vor dem Jenseits? Oder fühlt er vielmehr Neugierde? Der Tod ist für ihn kein theoretischer Fixpunkt. Nicht mehr, wie gesagt. Da ist zunächst einmal das Bewusstsein über seine eigene Endlichkeit auf Erden. Zum Zweiten der Tod eines Menschen, den er kalt, völlig emotionslos geplant und herbeigeführt hat. Belastet der Tote sein Gewissen? Er möchte nicht einfach so nein *sagen. Er hört in sich hinein, forscht der Aussage seines Gewissens nach. In seinem Gesicht findet er nicht den Daumenabdruck Gottes, keinen Hinweis, der ihn zur Reue aufruft. Da war für ihn nur dieser dumme Mensch, der für seine provozierende Ungezogenheit bestraft wurde.*

Was ich fühle, was ich höre, ist die Rückkehr der Stille auf den sanften Hügel über dem See.

Nein, ich vertrete keineswegs den Standpunkt, das Gewissen existiere nicht. Möchte da nicht falsch verstanden werden. Allerdings ist es meine Ansicht, dass ebenso wie bei den Tieren auch beim Menschen ein Gewissen nicht zur Grundausstattung des Baukastens der Natur gehört. Dann nämlich hätten sich die Menschen im Laufe der Geschichte ganz anders aufführen müssen. Das, was wir Gewissen nennen, ist dem Menschen anerzogen, das Ergebnis von Jahrtausenden, ist die lenkende Zuchtrute bei der Erziehung durch Eltern, Schule oder Kirche. Gewissen setzt unbedingt die Erkenntnis, das Eingeständnis von Schuld voraus.

Meine Eltern hatten keinen Einfluss, keinerlei Wirkung auf mich. Aus völlig unterschiedlichen Gründen. Meine Mutter habe ich nie kennengelernt. Sie starb nur wenige Monate nach meiner Geburt. Mein Vater kümmerte sich nicht um seinen Sohn. Dafür gibt es übrigens bis heute keine Anzeichen. Der Herr Professor lebte immer nur für die Wissenschaft. Wollte mit seiner Arbeit als Forscher die Menschheit einen Schritt weiterbringen. (So hat er es tatsächlich einmal formuliert.) Um die ersten tapsigen Gehversuche seines Sprösslings zu verfolgen, hatte er nicht nur keine Zeit, daran verschwendete er nicht einmal einen Gedanken. Verbrachte lieber seine Tage auf dem Campus, am Schreibtisch im Studierzimmer, *von Bücherwänden eingemauert* (wie er gerne ironisch gefärbt sagte), oder auf Symposien beim Austausch mit anderen klugen Köpfen. Also woher sollte er bitte die Zeit nehmen, vorausgesetzt er hätte es gewollt, seinem Kind Grundwerte zu vermitteln? Den kleinen Kerl aufzuziehen, überließ er großzügig den wechselnden Kindermädchen. Nur eines von ihnen, Christa, hat sich bis heute in meiner Erinnerung behauptet. Christa pflegte meine körperlichen Bedürfnisse, für Geist oder Seele sah sie sich nicht zuständig. Im privaten Kindergarten, der unter dem Kommando der lieben Tante Gretel reibungslos funktionierte, hatte Christas Vorbild bereits so weit Früchte getragen, um sicher getarnt zu sein. Im Internat – vom ersten Tag meiner Schulzeit bis zum letzten war ich Internatsschüler – war ich bereits ein Profi jener formvollendeten Liebenswürdigkeit. Mit ihr als Rüstung lächelte ich mich erfolgreich durch die Schuljahre. Ich sah mir von außen zu, dem Schauspieler, der auf der Bühne agiert. Einfluss auf mein Denken und Fühlen ließ ich nicht zu. Mein Inneres war von außen nicht mehr zugänglich. Der Kirche in Person des Internatsgeistlichen oder des Religionslehrers bin ich elegant ausgewichen. Letzterer hatte mich einmal *Leo, der Schwindler* genannt. Damit liefen die Versuche, mich in den Zirkel der Kirche zu locken, ins Leere. Sie rannten gegen eine Wand eisiger Höflichkeit. Ab da hatte die Kirche keinen Zugriff mehr auf mich, bekam auch keine Chance mehr.

Es brauchte seine Zeit, bis ich mir eingestand, offenbar nicht zu besitzen, was die anderen *das Gewissen* nannten. Es war in der Oberstufe, als mir das deutlich wurde.

2

Wie lange liege ich schon vor mich hindämmernd in meinem Bett? Es ist noch ziemlich zeitig am Morgen, fühle ich, weiß es nicht. Irgendwann bin ich so weit wach, mich zur Seite zu rollen, auf die Uhr zu sehen, um mir Gewissheit zu verschaffen. Halb drei. Die Stunde des Wolfes. Die Statistik behauptet, in den sechzig Minuten zwischen zwei und drei sterben die meisten Menschen. Wird sie auch meine Todesstunde sein? Soll ich es als Zeichen werten, gerade um diese Zeit aufzuwachen? Wenn es so weit ist, wer wird mich finden? Vermutlich Martha. Sicher ist nur, niemand wird bei mir sein, wenn ich den Schritt ins Jenseits mache, meinen Erdenweg beende. Ich schlafe alleine. Bewohne mein Haus alleine. Was sind das für Gedanken? Sie beginnen im Kreis zu laufen, blasen sich zu einem Haufen Schwachsinn auf. Ich kenne das. Kann recht gut damit umgehen. Um dem einen Schlusspunkt zu setzen, schwinge ich meine Beine aus dem Bett. Der Schlaf hat sich längst verzogen. An der Schalttafel in der Küche drücke ich das Icon, um die Läden hochfahren zu lassen. Auf nackten Sohlen streife ich einfach so durch das dunkle Haus. In der Küche trinke ich ein Glas Wasser. Trete auf die Terrasse hinaus. Die Luft ist frisch. Ein klarer Sternenhimmel. Über dem See schwebt Nebel. In der Bibliothek versuche ich, im *Glasperlenspiel* zu lesen. Nach noch nicht einmal einer Seite lege ich das Buch wieder auf den Tisch zurück. Mein Kopf weigert sich, dem wunderbaren Text zu folgen. Gehe ins Bad hinauf. Grüße den

Mann im Spiegel mit einem freundlichen Grinsen. Kämme meine Haare, putze meine Zähne, rasiere mich. Immer noch im Schlafanzug setze ich mich an den Schreibtisch. Lese erst einmal die Abschnitte, die ich gestern geschrieben habe. Korrigiere hier und da, und schreibe dann weiter. Schreiben gehört zu meinem Tag im Haus über dem See.

Schon als Jugendlicher schrieb ich gerne. Es gefiel mir, eine andere Wirklichkeit allein durch Worte entstehen zu lassen. Angestachelt von unserem Deutschlehrer schrieb ich zwei kurze Stücke, die von der Theatergruppe der Schule aufgeführt wurden. Autor zu sein beförderte mich, zumindest für eine Weile, zu einem Star unter den Mitschülern. Allein, es blieb nur eine Episode. Nach der Schulzeit wurden die Weichen anders gestellt. Der Antrieb zum Schreiben war nicht einmal stark genug, um ein Tagebuch zu führen. Doch irgendwo in einer versteckten Falte meines Wesens blieb der Wunsch zu schreiben über die Jahre hinweg immer wach. Seit ich in Kimmling-Hof lebe, einem Weiler mit einem halben Dutzend locker am Hang verteilten Höfen sowie einigen auf großen Grundstücken stehenden Häusern, habe ich nun die Zeit für das Spiel mit der Fantasie und den Worten. Jetzt kann ich mir die Spinnerei mit Ideen erlauben. Kann mit ihnen spielen. Spielen. Das ist etwas, was ich bisher nicht kannte. Ein Herumtollen im weiten, unbegrenzten Garten der Sprache. Es macht Spaß, mit Wörtern zu hantieren. Ich baue fragile Türme damit. Wie andere es mit Bierdeckeln machen. Ich bin sehr behutsam, damit meine Wortgebäude nicht in sich zusammenstürzen.

3

Ich bin mit dem Fahrrad unterwegs nach Kimmling, um beim Bäcker List meine Frühstückssemmeln zu holen. Könnte sie mir auch bringen lassen. Aber diese morgendliche Ausfahrt bei

Wind und Wetter tut mir gut. Auf dem kurzen Anstieg vor dem Ort höre ich oft den Zug pfeifen, noch bevor ich ihn sehe. Wie ein beweglicher Scherenschnitt rollt der Schienenbus dunkel gegen den helleren Himmel auf der Höhe lautlos auf Kimmling zu. Wenn ich die Schienen erreiche, ist die Bahn bereits vorüber, steht vor dem kleinen Bahnhof.

Während ich in der Bäckerei vor der Theke warte, bis ich an der Reihe bin, sehe ich die Frau durch die Schaufensterscheibe. Zufällig. Hätte ich mich nicht umgedreht, wäre sie gleich wieder aus dem Bild gewesen. Was tut sie hier? Macht sie Urlaub? Möglich. Die Fremdenzimmer im Ort sind, soviel ich weiß, gut ausgelastet. Weshalb verschwende ich überhaupt Gedanken an diese Fremde? Was geht sie mich denn an? Nichts. Überhaupt nichts. Dennoch frage ich gleich darauf die Verkäuferin so nebenbei nach der Unbekannten. Die Frau suche ein Haus in der Gegend, kommt die Antwort prompt, wohne drüben beim Lindenwirt.

Darf ich einfach so daraus schließen, sie ist nicht wegen mir hier? Die Frau ist mir nämlich in den letzten Tagen zu häufig über den Weg gelaufen, um sie einfach abzutun. Auch wenn Kimmling nur ein kleines Dorf ist, kann ich nicht an eine solche Häufung von Zufällen glauben.

Ich verlasse die Bäckerei, besteige mein Fahrrad und habe die Frau schon aus meinen Gedanken verabschiedet.

…

syndikat
Friedrich-Glauser-Preis 2016
Bester Kriminalroman

Michael Böhm

Herr Petermann und das Triptychon des Todes

192 Seiten
gebunden
Edition 211
im Bookspot Verlag
ISBN 978-3-95669-018-1
14,80 €

Leo Petermann genießt die Ruhe in seinem Landhaus, will viel Zeit mit seiner Geliebten Magdalena verbringen, eine Partie Schach mit dem Freund und Nachbarn Korbinian spielen, sich um den Bau seines Segelbootes kümmern.
Doch auf einmal trüben ungute Störungen sein friedliches Leben. Da wird Magdalena von einem Architekten belästigt und auf einem Kongress in Wien trifft er unerwartet seinen Ex-Geschäftspartner, der ihm eine wirre Geschichte von einem geheimen »Todesfonds« erzählt. Als Petermann sich mit dem Fonds zu beschäftigen beginnt, entdeckt er schnell dessen perfide Struktur.
Quintus Heinrich, Chef der Cautio-Versicherung, den Petermann von der Uni kennt, ist der Erfinder dieses Fonds. Ein eisiges Duell nimmt seinen Anfang. Petermann gedenkt, unbedingt als Sieger vom imaginären Schlachtfeld zu gehen und nutzt dafür alle seine Möglichkeiten …

Begründung des SYNDIKATS zur Preisverleihung:
»Souverän und pointiert bricht Michael Böhm mit den Klischees des aktionsreichen Kriminalromans. Gewohnte Krimi-Elemente werden auf sehr ungewöhnliche Weise bis zum Äußersten ausgereizt. ... Subtil, dezent, ironisch, amüsant. ... Die Geschichte kommt völlig anders daher als ein herkömmlicher Krimi oder Thriller, sozusagen auf leisen Pfoten, und sie ist souverän erzählt.«

Spannung pur von V. S. Gerling

Das Programm

448 Seiten
Klappenbroschur
Edition 211
im Bookspot Verlag
ISBN 978-3-95669-017-4
14,80 €

Falsche Fährten

448 Seiten
Klappenbroschur
Edition 211
im Bookspot Verlag
ISBN 978-3-95669-033-4
14,80 €

Sieben Gräber

464 Seiten
Klappenbroschur
Edition 211
im Bookspot Verlag
ISBN 978-3-95669-048-8
14,80 €

Skrupellose Menschenversuche, die dubiosen Machenschaften der Pharma-Konzerne oder Versklavung durch Zwangsprostitution – mit seinen rasanten Thrillern taucht V. S. Gerling tief in gesellschaftliche Abgründe ein.
Exzellent recherchiert und unfassbar spannend sind die Fälle seines Ermittlerpaars Nicolas Eichborn und Helen Wagner. Das unkonventionelle Duo aus dem BKA-Abteilungsleiter und der Fallanalytikerin führt riskante Ermittlungen durch und stellt sich den Herausforderungen dabei mit einer gehörigen Portion Schlagfertigkeit, Zynismus und Humor.

Spektakuläre Romane […], die mich in allen Belangen überzeugt haben […] Durch das große Maß an Spannung steht man so unter Strom, als würde man mit einem Taser direkt an den Nervenbahnen gekitzelt werden. Redaktion Leserkanone.de

Es tun sich immer wieder neue Abgründe auf und jedes Mal, wenn man als Leser denkt, endlich alles durchschaut zu haben, kommt wieder ein neues Mosaiksteinchen dazu, das alles in ein neues Licht rückt. Sehr gelungen! Eva Hüppen, Leser-Welt.de